THE QUEEN OF CRIME
繁體中文版
20週年
紀念珍藏

藏書室的陌生人

著——阿嘉莎・克莉絲蒂

譯——任林靜

The Body in the Library

Agatha Christie®

策畫者的話

通俗是一種功力

吳念真（導演、作家）

通俗是一種功力。絕對自覺的通俗更是一種絕對的功力。

這樣的話從我這種俗氣的人的嘴巴說出來，大概很多人要笑破褲底了。不過，笑完之後請容我稍稍申訴。這申訴說得或許會比較長一點，以及，通俗一點。

小時候身材很爛，各種遊戲競爭完全任人宰割，唯一隱遁逃避的方法是躲起來看書或聽大人瞎掰。那年頭窮鄉僻壤的小孩能看的書不多，小學二年級時最喜歡的是超大本的《文壇》，老師借的。看著看著，某天老師發現我的造句竟出現：「捧著：朝陽捧著一臉笑顏為群山剪綵」這樣亂七八糟的文字，就拒絕再讓我看那些超齡的東西了。

老師的書不給看，我開始抓大人的書看。一種是厚得跟磚塊一樣的日文書，對我來說那完全是天書，但插圖好看，經常有限制級的素描。另一種書是比較薄的，通常藏得很嚴密，只是裡面有太多專有名詞、重複的單字和毫無限制的標點，比如「啊啊啊」、「……！！！」

老讓我百思不解。有一天，充滿求知欲地詢問大人竟然換來一巴掌後，那種閱讀的機會和樂趣也隨著消失了。

所幸這些閱讀的失落感，很快從大人的龍門陣中重新得到養分。講到這裡，我似乎先得跟一個村中長輩游條春先生致敬，並願他在天之靈安息。

我所成長的礦區，幾乎全是為著黃金而從四面八方擁至的冒險型人物，每人幾乎都有一段異於常人的傳奇故事。這些故事當事人說來未必精采，但一透過游條春先生的嘴巴重現，有時連當事人都聽得忘我，甚至涕泗縱橫，彷彿聽的是別人的故事。

條春伯沒當過日本兵，可是他可以綜合一堆台籍日本兵的遭遇，一如連續劇般從入伍、受訓、逃亡荒島，面對同鄉同袍的死亡，並取下他們的骨骸寄望帶回故鄉，乃至骨骸過多搞不清哪是誰的等等，讓聽的人完全隨他的敘述或悲或笑，彷彿跟他一起打了一場太平洋戰爭。此外他也可以把新聞事件說得讓一個三、四年級的小孩，到現在仍記得當時腦中被觸動的畫面。例如當年瑠公圳分屍案的凶手做案之後帶著小孩到安東街吃麵（這讓我一直以為台北的安東街是條專門賣麵的街道），還有甘迺迪總統被暗殺、賈桂琳抱住她先生、安全人員跳上飛快的車子保護賈桂琳……當然，這記憶全來自條春伯的嘴巴而不是報紙。我的記憶全是畫面，有畫面，是因為條春伯說得精采，說得有如親臨他至死都還搞不清地理位置的達拉斯命案現場。

於是這小孩長大後無條件地相信：通俗是一種功力，絕對自覺的通俗更是一種絕對的功力。透過那樣自覺的通俗傳播，即使連大字都不識一個的人，都能得到和高階閱讀者一樣的感動、快樂、共鳴，和所謂的知識、文化自然順暢的接軌。也許就是因為這些活生生的例子，俗氣的自己始終相信：講理念容易講故事難，講人人皆懂、皆能入迷的故事更難，而能隨時把這樣的故事講個不停的人，絕對值得立碑立傳。

條春伯嚴格地說是有自覺的轉述者，至於創作者，我的心目中有兩個。一個是日本導演山田洋次，一個是推理小說家阿嘉莎．克莉絲蒂。

山田洋次創造了寅次郎這個集合所有男人優點跟缺點的角色，在以《男人真命苦》為名的系列下，總共完成百部左右的電影。它們的敘述風格、開頭、結尾的方法不變，唯一改變的是故事，是時代，是遍歷日本小鄉小鎮的場景。數十年來，看《男人真命苦》幾已成為日本人每年的一種儀式，一如新春的神社參拜。

數十年前訪問過山田導演，他說，當他發現電影已然有它被期待的性格時，電影已經不是導演自己的。他說：當所有人都感動於美人魚的歌聲時，你願意為了讓她擁有跟你一樣的腳，而讓她失去人間少有的嗓音嗎？

人間少有的嗓音與動人的歌聲，都來自山田導演絕對自覺的通俗創造。

再如阿嘉莎．克莉絲蒂，如果我們光拿出她說過的故事和聽過她故事的人口數字，就足以嚇死你。五十多年的寫作生涯，她總共寫出六十六本長篇推理小說，外加一百多篇短篇小說和劇本。其中有二十六本推理小說被改編，拍了四十多部電影和電視劇集。作品被翻譯成一百零三種文字的版本，銷量超過二十億本。

夠了。你還想知道什麼？知道二十億本的意義是什麼嗎？二十億本的意義是全世界平均三個人就有一個人讀過她的書，聽過她說的故事。

說來巧合，她和山田洋次一樣，創造出個性鮮明的固定主角（當然，前前後後她弄出來好幾個），然後由他（或是她）帶引我們走進一個犯罪現場，追尋真正的罪犯。

故事就這樣？沒錯，應該說這是通常的架構。那你要我看什麼？不急，真的不急，克莉絲蒂會慢慢冒出一堆足夠讓你疑惑、驚嚇、意外，甚至滿足你的想像力、考驗你的耐心和智商的事件來。

推理小說不都是這樣嗎？你說得沒錯，大部分是這樣，不一樣的是……對了，她像條春伯，像山田洋次，她真會說，而且她用文字說。

文字的敘述可以讓全世界幾代的人「聽」得過癮、「聽」個不停，除了聖經，也許就是克莉絲蒂。她不是神，但她真的夠神。

數十年前，台灣剛剛出現她的推理系列中譯本，那時是我結婚前，常有同齡的文藝青年來我租住的地方借宿，瞄到我在看克莉絲蒂，表情詭異地說：「啊？你在看三毛促銷的這個喔？」

我只記得他抓了一本進廁所，清晨四點多，他敲開我的房門說：「幹，我實在很討厭那個白羅……再拿一本來看看，我跟你說真的，要不是你的書，我真的很想把那個矮儸壓到馬桶吃屎！」

我知道他毀了，愛吃又假客氣，撐著尊嚴騙自己。克莉絲蒂再度優雅地撕破一個高貴的知識份子的假面具，她的手法簡單，那手法叫通俗，絕對自覺的通俗，無與倫比、無法招架的功力。

昔日的文藝青年如今跟我一樣，已然老去，但不時還會看到他寫一些充滿理念和使命感極重的文章，在報紙和雜誌上出現。我知道他要說什麼，只是常常疑惑他想跟誰說；同樣，我記得他說過什麼，但轉眼間忘記他說了什麼。但請原諒我，幾十年前那個晚上，他在我家看完的那兩本克莉絲蒂的小說內容，我可還記得清清楚楚。

也許有一天再遇到他的時候，我會問他之後是否還看過克莉絲蒂其他的書，如果沒有，我會跟他說，想讀要趁早，因為你會老、會來不及。至於白羅那個矮儸，大概永遠不會消失。哦，對了，還有一個叫瑪波，你說不定會來不及認識……

瑪波小姐——洞明世事，仍不失對人情的寬諒

吳曉樂（作家）

瑪波小姐是阿嘉莎．克莉絲蒂筆下的兩名神探之一，名氣不若白羅響亮，支持者倒是挺死忠專情。她也是推理小說界「女偵探」的第一把交椅，至今仍無人能動搖其地位。瑪波小姐系列合計有十二本長篇、兩本短篇小說集。以及一篇收錄於《哪個聖誕布丁？》的小說〈葛林蕭的笑話〉。常有讀者受「小姐」二字所誘，誤信瑪波小姐是妙齡少女，但英文中，未婚女性一律以Miss稱之，實際上，瑪波小姐已六十好幾。按照蓋達克警官的形容，「她的模樣非常蒼老，頭髮雪白，粉紅的臉上布滿皺紋，一對藍色眸子柔和且真摯無邪」。

瑪波小姐亦是知名的「安樂椅神探」，她的歲數與支氣管炎等痼疾限縮了她奔走的範疇。大部分時間，瑪波小姐僅在英國村鎮裡穿梭，一邊喝茶，一邊傾聽案件相關的陳述。克莉絲蒂刻意將筆下兩位神探做出區隔，白羅是比利時難民，案件時常顯現壯闊的異國情調，瑪波小姐系列則洋溢著恬謐、悠哉的英國小鎮氛圍。瑪波小姐經手的案件，多半以某座莊

園、公館為中心，在傭人、園丁、廚師、仕紳與貴婦人等交織而成的人際網絡裡，一樁樁謀殺案就此鋪展。

瑪波小姐的經歷有些神祕，讀者只能從她談及自己的稀少橋段，拼湊出模糊的過往：她接受良好教育，曾待過佛羅倫斯的寄宿學校，一度從事過護理工作。再從瑪波小姐坐擁房產、生活講究等細節，我們不難勾勒她中產階級的出身。上述資訊，幾乎是我們能得知的全部了。

至於瑪波小姐的個性，我想徵用瑪波小姐首次登場《牧師公館謀殺案》的語句：「她是村子裡最壞的女人，總是知道每一件事，並且做出最悲觀的推斷。」「在英格蘭，任何偵探也比不上一個上了年紀又有很多閒暇的老處女。」「拿望遠鏡賞鳥的習慣也總是讓她別有收穫。」從這些褒貶相依的評價，我們首先歸納出一些結論：瑪波小姐有些好管閒事，城府也深，偏偏她的判斷比誰都趨近真相。

更細緻地分析，瑪波小姐「溫和無害，乍看糊塗」的表象，是最天然的保護色。與她搭話的人物，屢屢在輕敵的狀態下鬆懈心防，下意識就吐露原先拚命掩藏的犯案痕跡。其次，瑪波小姐認為人性並不複雜，若我們悉心諦視，必能察覺其中的「共性」。她的外甥雷蒙・衛司曾將聖瑪莉米德村喻為「一潭死水」，瑪波小姐則認定死水若放在顯微鏡底下，「其實生機盎然」，而她所謂的顯微鏡，或許指涉了鄉村背景。鄉村生活人情緊密，有助瑪波小姐近距離蒐集人性的不同臉譜。我個人認為，瑪波小姐最專長的辦案手法是「數據分析」，她常將案發現場的樣本扔入聖瑪莉米德村——她的「人性資料庫」，進行搜尋和比對，一旦辨識出相似的行為態樣，接下來她將安坐椅上，預估其發展。是以瑪波小姐一再「後發先至」，她抵達現場的時間總是不無「遲到」的味道，不過待她釐清人物之間的譜系和利害關係，旋即能夠盤整出一些關鍵，為案件帶來重大突破。

瑪波小姐以閒談獲取的情報，都顯得那麼普通、不起眼，她卻能如同手上的編織活，這一針那一線巧妙地穿引，後續再輕輕一扯，將線索行雲流水地組織起來。瑪波小姐深諳自往昔的歲月萃取珍貴的經驗，舉例來說，有一回，她以「聖靈降臨節過後的週一，園丁必不上班」為由，輕易識破一則謊言；也有一回，她從「發音方式」捕捉到講述者的故弄玄虛。

初識瑪波的讀者，我建議以短篇小說《十三個難題》為前菜，篇幅短小，清爽不占空間，品嘗的餘韻足夠引發興致。至於長篇，我心儀《殺人一瞬間》，此作推理成分相對清淡，架構上更接近「豪門恩怨肥皂劇」，序幕即嵌入一場駭人的畫面，將讀者牢牢地鉤入劇情。辦案過程中，瑪波小姐另聘慧黠迷人的露希小姐，潛入疑雲重重的鹿瑟福。兩位小姐的視角頻仍轉換，前場後場的調度十分緊湊，讓讀者捨不得輕易暫停。克莉絲蒂向來很節制「愛情」的著墨，但在此作，她給露希小姐點綴了幾許風花雪月，時至今日，露希小姐情歸何處，是海內外讀者樂此不疲的謎題。而在《死亡不長眠》中，步履蹣跚的瑪波小姐擔憂一對年輕夫婦，不惜啟程遠行，讓我們見到她慈幼的一面。《加勒比海疑雲》也帶給我相當的樂趣，見瑪波小姐與毒舌老富翁拉斐爾搭檔，完成第一次在國外大展長才的紀錄，很是過癮。續作《復仇女神》，拉斐爾已逝，留下一封報酬頗豐的委託，瑪波小姐積極走入謎團，讀者可以看清她心中晃蕩不止的漣漪。瑪波小姐追憶拉斐爾的絮語，我認為是全系列裡罕有的「情愫」展現。

瑪波小姐還有項令人歆羨的本事：她的才華普遍獲得男性同儕的認同。亨利爵士稱她「本人絕無僅有，四星級睿智的紅粉知己，老太婆中的超級老太婆」。尼勒警官如此形容她：「為人正直，具有無可指摘的正義感。」時間跨幅長久的蓋達克警官更是五顆星好評：「瑪波小姐能夠用最大限度的鎮靜來思考謀殺、猝死，以及各種真實罪案。」

按照出版年代，《瑪波小姐的完結篇》是瑪波小姐最後一次現身。若以氛圍而言，我認為《破鏡謀殺案》裡瑪波小姐的自述，更適切地傳達出這位天才神探正緩緩邁向遲暮，「人必須面對現實：聖瑪莉米德昔日風貌不再。當然，從某種意義上說，沒有一樣東西能一如往昔。你可以怪罪戰爭（兩次世界大戰），怪罪年輕這一代，或者出去工作的女人，或者原子彈，或者政府，但其實你真正不滿的只是一個簡單的事實：你正在變老」。瑪波小姐信任的傭人凋零，外甥為她聘請的女傭竟把她視為昏聵無知、需要悉心呵護的老人家。萬幸的是，摯友荷大克醫師捎來了慰藉，他認為瑪波小姐最合適的藥方就是：一場謀殺案。這舉止點醒了讀者，縱使低調不鋪張，瑪波小姐依然、無庸置疑地對辦案懷有莫大熱情。

文章的尾聲，我要再次回到瑪波小姐的人性觀，她雖堅稱「最無情的猜測往往都會被證實為真」，倒也不吝坦承「我總是對人性抱著希望」。這位英國小姐的魅力自然流淌，她洞明世事，仍不失對人情的寬諒。

獻詞

阿嘉莎．克莉絲蒂是世界讀者最眾，也最廣受喜愛的女作家。
身為克莉絲蒂的孫兒，我相信奶奶會非常樂見這次出版，
因為她極以自己作品中的趣味與娛樂為豪。
歡迎所有喜歡本系列的台灣新讀者參與這場饗宴！

——馬修．培察（Mathew Prichard）

作者序

某些陳腐的橋段只專屬於某些類型的小說，譬如情節劇裡的「禿頭壞男爵」、偵探故事的「藏書室屍體」。多年來，我一直試圖在這人們熟知的主題上做些適當的改變。我為自己訂立了條件：書裡描寫的藏書室必須屬於非常正統、傳統的那一類，而屍體則必須讓人覺得匪夷所思、怵目驚心。這是書寫的原則，然而幾年來，出現在筆記本上的一直只有短短幾行文字。

某個夏天，我在海邊一家很現代化的大飯店度幾天的假，我注意到餐廳某張桌子上的一家人：一位瘸腿的長者坐在輪椅上，周圍都是他的子孫。幸運的是，第二天他們就離開了，我得以憑藉自己的想像任意揮灑。總有人問我：「你書中的人物是真實的嗎？」這答案是，對我而言，我不可能寫我認識的人，或者和我交談過的人，甚至聽說過的人！出於某種原因，我覺得這會把那角色給扼殺了。而我卻能給一個不相干的人賦予各種性格和想像。

於是一個上了年紀的瘸腿男人成了故事的核心，我那位瑪波小姐的老朋友，班崔上校及班崔夫人，則恰好擁有那樣的藏書室。我像寫食譜一樣為我的故事添加了以下的配料：一名職業網球手、年輕的舞女、一位藝術家、一個女童子軍、一個舞團公關等，然後佐以瑪波小姐的風格上菜，鄭重呈獻給大家。

阿嘉莎・克莉絲蒂

╱01

班崔太太正在作夢。她栽種的香豌豆在花展上獲得了首獎，身穿白色法衣、黑色長袍的牧師在教堂頒獎，他的妻子身穿泳裝經過。然而這種在現實生活嚴禁的事卻未引起教區信眾的不滿，因為這畢竟是夢。

班崔太太夢得正香甜……這些清晨的夢常給她帶來無限的愉悅，然後有人送來早茶。朦朧中她仍感覺到清晨照例出現在家裡的嘈雜聲：女傭在樓上拉窗簾時簾環發出的聲音、外面走廊掃地和倒畚箕的聲音，還有遠處大門門閂被拉開的聲響。

新的一天開始了。她要盡力汲取花展帶來的喜悅，因為它愈來愈像個夢境了……

有人打開樓下客廳的木製大百葉窗，她彷彿聽見了，又好像沒聽見。這種小心翼翼、輕手輕腳弄出的聲響，一般要持續半個小時，但並不擾人，因為太熟悉了。最後會是走廊裡輕快、有節制的腳步聲、印花布洋裝細微的摩擦聲、茶盤放在門外桌上時茶具發出的柔和叮噹聲，以及瑪麗進房拉窗簾之前輕輕的叩門聲。

睡夢中的班崔太太皺了皺眉。某件事擾亂了她的美夢。有事不對勁。走廊上的腳步聲太匆忙、太快了。她的耳朵不自覺地尋找瓷器的聲音，卻不聞其聲。

有人敲門。沉湎於夢中的班崔太太隨口說「進來」，門開了，待會窗簾被拉開時就會響起簾環的碰撞聲了。

可是簾環的碰撞聲並未響起。從暗淡的綠光裡傳來瑪麗氣喘吁吁、神經兮兮地喊叫：「哦，夫人，哦，夫人，藏書室裡有個死人！」

隨著一陣歇斯底里的抽噎，她又衝了出去。

§

班崔太太從床上坐起。

是她的夢境出了偏差，或者……或者瑪麗確實衝進來說（太難以置信了！太不可思議了！）：「藏書室裡有個死人！」

「不可能，」班崔太太自言自語道，「我一定是在作夢。」

她嘴裡這樣說，心裡卻愈來愈確信這不是夢，那個非常有自制力的瑪麗，確實說了這句讓人難以相信的話。

班崔太太思索了一會兒，隨後急切地用手肘頂頂睡在身旁的丈夫。

「亞瑟，亞瑟，醒醒。」

班崔上校咕噥了幾聲，翻了一下身。

「亞瑟，醒醒。你聽見她說的話嗎？」

「很有可能，」班崔上校模模糊糊地說，「桃莉，我非常同意你的說法。」

隨即又睡著了。

班崔太太使勁地搖晃他。

「你好好聽著，瑪麗剛才進來說，藏書室裡有個死人。」

「唔，你說什麼？」

「藏書室裡有個死人。」

「誰說的？」

「瑪麗。」

班崔上校定了定神，接著說：「別胡扯了，老伴，你作夢了。」

「我沒作夢。開始我也以為是作夢。但這不是夢。真的，她的確進來這樣說了。」

「瑪麗進來說藏書室裡有個死人？」

「是的。」

「但這不可能。」班崔上校說。

「對，對，我想也不可能。」班崔太太的口氣不太肯定。她振作一下，又說：「可是為什麼瑪麗說有呢？」

「她不可能這麼說。」

「她說了。」

「這一定是你的想像。」

「不是。」

班崔上校此時已完全清醒，並準備把這件事弄明白，於是心平氣和地說：「桃莉，你剛才是在作夢，就是這麼回事。都是你讀的那本偵探小說《折斷的火柴棒》在作怪。艾巴斯頓勳爵在藏書室的壁爐地毯上發現一具金髮美女的屍體。小說裡，屍體總是出現在藏書室，但在現實生活中，我從未碰過一例。」

「也許這一次就碰到了，」班崔太太說，「不管怎樣，亞瑟，你得起來看看。」

「可是桃莉，這一定是夢。人剛睡醒時，夢總是顯得很真實，很容易以為它是真的。」

「我剛才做的夢根本不一樣，我夢見了花展，牧師的妻子穿著泳衣。」

班崔太太突然精神抖擻，跳下床拉開窗簾。秋日晴朗的光線立刻灑滿房間。

「這不是夢，」班崔太太堅決地說，「亞瑟，快起來，下樓去看看。」

「你讓我下樓去問藏書室裡是否有死人？別人不認為我有毛病才怪哩。」

「你什麼也不必問，」班崔太太說，「如果真的有死人，馬上就會有人來告訴你，你一句話也不用說。當然也可能是瑪麗瘋了，認為她看到了根本不存在的東西。」

班崔上校嘟囔著披上睡袍走出房間。他穿過走廊，走下樓梯。樓梯口擠著一小群傭人，其中有些在啜泣。男管家肅然走上前。

「先生，您來真是太好了。我已傳話在您來之前什麼都不許動。現在可以報警嗎？」

「為了什麼事情報警？」

管家回頭，朝著伏在廚師肩頭亂哭一氣的高個女孩瞪了一眼。

「先生，我以為瑪麗已經告訴您了。她說她已經告訴您了。」

瑪麗上氣不接下氣地說：「我很不安，語無倫次。我害怕極了，兩腿發軟，心很驚慌。看見那副模樣……噢，噢，噢！」

說著她又倒在艾克斯太太身上，艾克斯太太忙不迭地說：「好啦，好啦，沒事了。」

「瑪麗自然有些慌亂，先生。因為她是第一個看到那可怕的一幕。」管家解釋道，「她像平常一樣進藏書室拉窗簾，然後……差點被屍體絆倒。」

「你是說，」班崔上校追問，「在我的藏書室裡有個死人？我的藏書室？」

管家乾咳了一聲。

「可能是的，先生，您最好親自去看看。」

§

「喂，喂，喂，這是警察局。是的，您是哪位？」

帕克警員一手握著聽筒，一手扣著上衣。

「嗯，嗯，戈辛頓莊。什麼？哦，早安，先生。」

帕克警員的口氣稍微改變。當他弄明白對方是警方體育活動的慷慨資助人和本地的首席法官之後，口氣少了些不耐的官腔。

「什麼事，先生？我能為您效勞嗎？對不起，先生，我沒完全聽明白……您是說一具屍體……什麼？好的，照您的意思……對，先生……您是說，您不認識那位年輕女子？好的，先生。好的，全都交給我吧。」

帕克警員放回聽筒，吹了一聲長長的口哨，接著動手撥上司的電話。

帕克太太從廚房探出身，帶出了一股令人開胃的煎培根味。

「出了什麼事？」

「離奇到家的事，」她丈夫回答，「戈辛頓莊發現了一具年輕女子的屍體。在上校的藏書室。」

「被謀殺的？」

「他說是被勒死的。」

「她是誰？」

「上校說他根本不認識她。」

「那她在他的藏書室裡幹什麼？」

帕克警員瞪了她一眼，示意她安靜，然後對著電話聽筒嚴肅地說：「史萊克警官嗎？我是帕克警員。剛才有人報案說，今天早上七點十五分發現一具年輕女子的屍體……」

§

電話鈴響時，瑪波小姐正在穿衣。鈴聲讓她有點不安。通常這個時候沒人會打電話來。她是個拘謹的老處女，生活井然有序，預期之外的電話讓她臆測半天。

「天啊，」瑪波小姐茫然地看著電話機。「不曉得會是誰？」

在鄉下地方，九點至九點半是街坊鄰居相互致電問好的時間。大家總在這個時候互相告知這一天的計畫、彼此邀約等等。如果豬肉交易出現危機，眾人皆知近九點屠夫就會來電。這一天中可能斷斷續續還會有別的電話，但夜晚九點半後打電話被認為是不禮貌的行為。的確，瑪波小姐那位行蹤飄忽不定的作家外甥雷蒙·衛司，經常在奇怪的時段來電是眾人皆知的事實，有一次甚至在午夜前十分鐘打電話來。但不管他的性情多古怪，他們夫妻倆一向不是早起的人。無論是他或瑪波小姐認識的任何人，都不可能在早上八點前來電話……準確地說是七點四十五分。

即使是電報也太早了，因為郵局八點才開門。

「一定是打錯了。」瑪波小姐斷定。

於是，她走近鈴聲急切的電話機，拿起話筒。

「哪位？」她說。

「珍，是你嗎？」

瑪波小姐吃了一驚。「是的，我是珍。你起得真早，桃莉。」

電話那端傳來班崔太太急促不安的聲音。

「發生可怕極了的事。」

「哦，天啊。」

「我們剛才在藏書室裡發現一具屍體。」

瑪波小姐一時以為她的朋友神經錯亂了。

「你們發現了什麼？」

「我知道，沒人會相信，是吧？我也以為這種事只會發生在書裡。今早我和亞瑟爭論了老半天，他才同意下樓去看看。」

瑪波小姐盡力保持鎮定。她屏住氣問：「那是誰的屍體？」

「是個金髮女子。一位漂亮的金髮女子，又和書裡描寫的一樣。我們以前從未見過她。她就躺在藏書室裡，已經死了。所以你必須馬上過來。」

「你要我過去？」

「是的，我馬上派車去接你。」

瑪波小姐語氣不定地說：「沒問題，親愛的。如果你認為我能安慰你……」

「哦，我不需要安慰。你對屍體這種事很內行。」

「哦，不，我其實不內行。我的小小成功主要在推論方面。」

「可是你特別擅長謀殺案。她是被謀殺、被勒死的。我想既然謀殺案發生在自己家裡，何不乾脆從中作樂，希望你明白我的意思。這就是我請你過來的原因。我想請你幫我找出凶手，解開謎底。這確實讓人興奮，是不是？」

「哦，當然，親愛的，如果我能幫上忙。」

「太好了！亞瑟有點難纏。他似乎認為我不應該幸災樂禍。當然，我明白這一切確實讓人難過，可是話說回來，我不認識那名女子，她看起來一點也不真實，你親眼看過以後就會明白我的意思。」

§

司機替她打開車門，瑪波小姐從班崔家的車上走下來，有點喘不過氣。

班崔上校出現在台階上，顯得有些訝異。

「瑪波小姐！呃，見到你很高興。」

「你的夫人打了電話給我。」瑪波小姐解釋說。

「太好了，太好了。應該有人陪陪她，不然她會崩潰的。她目前裝得若無其事，可是你知道這種事……」

這時，班崔太太出現了，她大聲說：「亞瑟，回飯廳去吃你的早餐。你的培根要涼了。」

「我以為是警官到了。」班崔上校解釋說。

「他一會兒就到，」班崔太太說，「所以你必須先吃早餐。你需要吃早餐。」

「你也需要。最好進來吃點東西，桃莉。」

「我馬上就來，」班崔太太說，「你先進去，亞瑟。」

班崔上校猶如一隻執拗的母雞被噓噓噓地趕進飯廳。

「好啦！」班崔太太帶著勝利的口氣說，「來吧。」

她領頭沿著長長的走廊快步走向房子的東半部。帕克警員在藏書室門外站崗，他態度威嚴地攔住了班崔太太。

「夫人，恐怕這裡不允許任何人進去。這是警官的命令。」

「得了，帕克，」班崔太太說，「瑪波小姐你熟得很。」

帕克警員坦承認識瑪波小姐。

「必須讓她看看屍體，」班崔太太說，「別傻了，帕克。這畢竟是我家，對吧？」

帕克警員讓步了。他一貫屈從於上流社會人士。不過他想，絕不能讓警官知道這件事。

「不許碰任何東西。」他警告兩位女士。

「當然。」班崔太太不耐煩地說，「這個我們懂。你願意的話可以跟進來看。」

帕克警員只好同意了。他確實想進去看個究竟。

班崔太太得意洋洋地帶著她朋友走到藏書室另一邊的老式大壁爐前，接著她像戲演到了劇情高潮般說：「在那裡！」

瑪波小姐這時才明白，她朋友說那名死去的女子「不真實」是什麼意思。藏書室極富主人特色，不僅寬闊，而且陳舊、凌亂。室內擺了凹陷的大扶手椅，大書桌上散放著菸斗、書籍和財產文件。牆上掛有一兩幅很不錯的家族成員肖像，還有幾幅拙劣的維多利亞風格水彩畫，以及一些還算有趣的狩獵場景；牆角放著一只插了浦菊的大花瓶。整個房間光線幽暗，色彩柔和，布置隨意，顯示出主人對它的熟悉及年代久遠，還讓人聯想到種種的昔日傳統。

壁爐前的熊皮地毯上橫躺著某樣東西，陌生、粗俗、誇張。

這是個豔麗的女子。她的臉龐披散著精心捲曲、不自然的金髮，瘦瘦的身體穿著一件露背鑲有亮片的白色緞質晚禮服。面龐濃妝豔抹，粉底在鐵青腫脹的臉上顯得怪誕，濃濃的睫毛膏沾在扭曲的臉頰上，猩紅的嘴唇看起來像一道深深的切口。手指甲和露在廉價銀色涼鞋外的腳趾甲塗著血紅色指甲油。這是一個低賤、俗氣、豔麗的人物，和班崔上校藏書室那種殷實傳統的格調格格不入。

班崔太太小聲說：「你明白我的意思嗎？一點也不真實！」

她身旁的老婦點點頭，若有所思地注視著這具蜷曲的屍體。

最後她輕聲說：「她很年輕。」

「對，對，我想是的。」

班崔太太有些吃驚，彷彿有了新的發現。

瑪波小姐彎下腰。她並未碰觸那名女子。她看看那女子緊抓衣襟的手指，像是在為生命做最後的狂亂掙扎。

外面傳來汽車輾在礫石上的聲音。帕克警員急忙說：「警官來了……」他深信上層人士不會令他失望，果真如此，班崔太太立刻向門口走去，瑪波小姐緊跟在後。班崔太太說：「沒事的，帕克。」

帕克警員鬆了一口氣。

§

班崔上校就著一口咖啡匆匆吞下最後一片果醬吐司，隨即急忙趕到大廳，他看見郡警察局長梅崎上校正下車來，史萊克警官隨行在側，立刻就鬆了口氣。梅崎上校是班崔上校的朋友。對史萊克他從來沒什麼好感……此人名不符實、精力充沛[1]，個性急躁的他對他認為不重要的人物往往不屑一顧。

1　史萊克的英文是 Slack，有懶散、鬆懈之意。

「早安，班崔。」警察局長說，「我想我最好親自來一趟。這件事似乎非同小可。」

「這……這……」班崔上校努力表白。「不可思議，難以置信！」

「知道這個女人是誰嗎？」

「一點也不知道。我這輩子從未見過她。」

「管家知道什麼嗎？」史萊克警官問。

「駱理默和我一樣震驚。」

「啊，是嗎？」史萊克警官說。

班崔上校說：「梅崎，想要吃點什麼？飯廳裡有早餐。」

「不用了，不用了，最好馬上開始工作。荷大克這時候該到了，啊，他來了。」

又一輛車停在屋前，高大、肩膀寬闊，兼任法醫的荷大克醫師下了車。接著從另一輛警車上也下來兩名便衣，其中一位手裡拿著照相機。

「都準備好了吧？」警察局長說，「很好。我們進去吧。我聽史萊克說，是在藏書室。」

班崔上校呻吟了一聲。

「真叫人難以置信！你知道，今早我太太堅稱女傭進來說藏書室裡有個死人，我怎麼都不相信。」

「是的，是的，這個我完全能夠理解。希望你太太沒有被這一切攪得心煩意亂。」

「她的表現棒極了，真的很棒。她把瑪波小姐請來了。」

「瑪波小姐？」警察局長愣了一下。「為什麼請她來？」

「哦，女人總是需要另一個女人吧？你不認為如此嗎？」

梅崎上校輕聲笑了笑。

「我看啊，你太太想試試身手，過過業餘偵探的癮。瑪波小姐可說是本地的偵探。有一次她把我們都扳倒了。是不是，史萊克？」

警官史萊克說：「那回不一樣。」

「怎麼不一樣？」

「那是一起地方案件，長官。這老小姐對村子的一切瞭如指掌，這一點都不假。但這一次她是英雄無用武之地了。」

梅崎冷冷地說：「史萊克，你自己都還不怎麼清楚這件案子呢。」

「啊，等著瞧吧，長官。用不了多久我就能查個水落石出。」

§

班崔太太和瑪波小姐在飯廳裡吃早餐。

招待完客人以後，班崔太太急不可耐地問：「嗯，珍？」

瑪波小姐抬起頭看著她，有些不解。

班崔太太滿懷希望地問：「難道沒讓你聯想到任何事嗎？」

瑪波小姐向以串聯鄉間瑣事及重大問題、進而點出關鍵所在而著稱。

「沒有，」瑪波小姐邊想邊說，「想不起來，目前不能。我剛才稍微聯想起查蒂太太最小的孩子伊蒂，但我想那只是因為這可憐的小女孩喜歡咬指甲、前排牙齒有點暴的關係。就這些。還有，當然，」瑪波小姐繼續說，「伊蒂還喜歡我稱之為俗氣的時髦貨。」

「你是指她的衣服？」班崔太太說。

「沒錯，俗麗的緞子，質感很差。」

班崔太太說：「我知道。一定是從專賣廉價品的小商店裡買來的。」她滿懷希望繼續問：「說說看，查蒂太太的伊蒂怎麼了？」

「剛上中學，我想她念得相當不錯。」

班崔太太有點失望。看來要找出可和聖瑪莉米德相比擬的人和事，是希望渺茫。

「我不明白的是，」班崔太太說，「她到底在亞瑟的藏書室裡幹什麼。帕克告訴我窗戶被撬開了。也許是她和一個竊賊一起進來的，然後兩人發生爭執，但這似乎太荒唐了，是不是？」

「她的打扮不像是要偷竊。」瑪波小姐沉吟道。

「是不像，很像是要去跳舞，或者參加什麼派對。可是這裡根本沒有什麼派對，這附近也沒有。」

「倒也……不是……」瑪波小姐猶豫地說。

班崔太太猛撲而上。

「珍，你心裡有譜。」

「嗯，我剛才在想……」

「想什麼？」

「白卓．卜勞克。」

班崔太太衝動地大喊：「哦，不會吧！」接著像是要進一步解釋似地說：「我認識他的母親。」

兩人相互望著。

瑪波小姐嘆了口氣，搖了搖頭。

「我很能體會你對這件事的感受。」

「瑟琳娜．卜勞克是全天下最和善的女人。她的花壇簡直太美了，美得讓我嫉妒。而且她非常慷慨大方，常送花莖給人插枝。」

瑪波小姐不管這些和卜勞克夫人相關的言論，說道：「雖然如此，你知道近來流言蜚語不少。」

「哦，我知道，我知道。現在一有人提起白卓．卜勞克，亞瑟就氣得臉色發青。他曾對亞瑟極為無禮，從那以後，亞瑟就聽不進有關他的好話。他說話的口氣像時下的男孩子一樣愚蠢，喜歡嘲笑人們維護學校制度或大英帝國等等。當然還有他穿的那些衣服！」

「有人說，」班崔太太繼續說，「在鄉下穿什麼都沒關係。我從未聽過這樣的胡言亂語。就是在鄉下才得注意呢。」她停了一下，接著悵然地說：「他小時侯洗澡的模樣真可愛。」

「上個星期日，報上登了一張殺人凶手徹維特小時候的照片，非常可愛。」瑪波小姐說。

「噢，可是，珍，你不會認為他是……」

「不，不，親愛的，我不是那個意思。這樣下結論太唐突。我只是想弄清楚這名女子在這裡的原委。聖瑪莉米德不可能是她會出現的地方。所以我認為，唯一的可能就是白卓．卜勞克。只有他舉行派對。參加派對的人來自倫敦以及電影製片廠，你記得去年七月嗎？叫喊、唱歌、可怕極了的噪音，恐怕每個人都酩酊大醉，第二天早上現場亂七八糟，杯子碎了滿地，簡直讓人瞠目結舌……貝瑞老太太是這麼告訴我的；還有一個年輕女子睡在浴缸裡，身上一絲不掛！」

班崔太太寬容地說：「我想他們是電影界的人。」

「很有可能。還有，我想你聽說了，最近幾個週末，他都帶了一個年輕女子回來，一個頭髮淡金黃色的女子。」

班崔太太驚叫道：「不會是這個女子吧？」

「嗯，不曉得。我從未在近處看過她，只在她上下車時見過，有一次我看見她在前院曬太陽，身上只穿著短褲和胸罩。我沒真正看過她的臉。這些女孩臉上的妝、髮型和指甲都差不多，樣子看起來都很像。」

「沒錯，不過，也有可能就是這個女子。珍，這是一條線索。」

02

梅崎上校和班崔上校也在討論這條線索。

警察局長看過屍體後，命令手下的人以常規處理，然後和屋主退到房子另一頭的書房。梅崎上校看起來脾氣暴躁，他習慣扯他又紅又短的鬍子，此刻他正扯著，同時眼睛困惑地斜視著對方。

最後，他厲聲說：「喂，班崔，這件事我必須搞清楚。你真的不認識這女人嗎？」

對方的回答似連珠炮般，然而警察局長打斷了他的話。

「行了，行了，老兄。這樣說吧……這也許會讓你這個已婚又愛妻子的男人太難堪，不過我們倆私下談談就好，如果你和這女人之間有什麼瓜葛，最好馬上承認。你想隱瞞事實這很自然，我能理解。但這行不通，這是謀殺案，真相總會曝光的。該死，我不是在暗示說你勒死了那女人，你不會做這種事，這一點我清楚。但是，她畢竟來到了這裡，來到了這棟房子裡。也許她趕來要見你，有個傢伙尾隨而至並殺了她。有可能。你明白我的意思嗎？」

「真該死，梅崎，我告訴你，我這輩子從未見過這個女子！我不是那種人。」

「好啦，我不該責備你，全世界最好的男人。不過要是情況如你所說，那她在這裡幹什麼？她不是這一帶的人，這一點很清楚。」

「這件事完全是場噩夢！」房子的主人火冒三丈。

「問題是，老兄，她在你的藏書室裡幹什麼？」

「我怎麼知道？我又沒有請她來。」

「沒有，是沒有，不過她還是來了。好像她想要見你。你有沒有收過奇怪的信或者別的什麼？」

「沒有。」

梅崎上校委婉地問：「昨天晚上你做什麼了？」

「我去參加保守黨的會議。九點鐘，在馬奇班罕。」

「你什麼時候到家的？」

「我離開馬奇班罕時剛過十點，回來的路上出了點麻煩，換了個車輪。十一點四十五分到家。」

「你沒進藏書室？」

「沒有。」

「可惜。」

「我很累，直接上床睡覺了。」

「有人等你嗎？」

「沒有。我總是隨身帶著前門鑰匙。駱理默每天十一點睡覺，除非我吩咐他等門。」

「藏書室的門是誰關的？」

「駱理默。這個季節他通常七點半左右就會去關。」

「晚間他還會進去嗎？」

「我不在時他不會進去。他把擺了威士忌和酒杯的托盤放在大廳裡。」

「這樣啊。那你太太呢？」

「不知道。我回來時她早睡了。昨晚她有可能在藏書室或客廳坐過，我忘了問她。」

「好吧，一切很快都會弄清楚的。當然，有可能某個傭人牽涉在內，嗯？」

班崔上校搖搖頭。

「不可能。他們都是規矩的人，在我們這裡工作很多年了。」

梅崎表示同意。

「是的，他們不大可能牽扯進去。看樣子這女子好像是從城裡來的，有可能和某個年輕小夥子一起來。可是他們為什麼要闖進這裡……」

班崔打斷了他的話。

「在倫敦，這還差不多。我們這裡沒有什麼活動，不過……」

「噢，怎麼回事？」

「哎呀！」班崔上校嚷道，「白卓・卜勞克！」

「他是誰？」

「一個電影界的年輕人，討人厭的混小子。不過我太太總是替他說話，因為她和他母親是同學，但他實在是個頹廢無用、傲慢無禮的傢伙！欠人朝他背後踹一腳！他住在蘭夏姆路的那棟小屋裡，那是一棟非常現代化的建築。他常在家裡舉行派對，一堆尖叫聲！喧鬧的人，而且他還帶女孩回來度週末。」

「女孩？」

「沒錯。上星期就有一個，淡金黃色頭髮的女子。」

上校連連點頭。

「你是說，一個淡金黃色頭髮的女子，嗯？」

梅崎一邊問一邊思索這個問題。

「是的，梅崎，你不是認為……」

警察局長輕快地說：「有這個可能。這至少解釋了這樣一個女孩來聖瑪莉米德的原因。我想我要去和這個年輕人談談。布雷德，卜勞克……你剛才說他叫什麼？」

「卜勞克。白卓・卜勞克。」

「他會在家嗎？」

「讓我想想……今天是星期幾？星期六？他通常在星期六早上的某個時間來這裡。」

梅崎冷冷一笑。

「看我們能不能找到他。」

§

白卓・卜勞克的小屋裡現代化的便利設施一應俱全，外觀一半木造，一半仿都鐸式風格，奇醜無比。郵局和小屋的建造人威廉・普克稱它為「查茲沃思」；白卓和他的朋友叫它「古典傑作」，而對整個聖瑪莉米德村的人來說，則是「普克先生的新屋」。

這棟小屋距離村莊四分之一哩多，坐落在事業心強的普克先生購買的一片房地產新開發區，就在藍野豬旅館後方。房屋正面對著一條絲毫未受破壞的鄉間小道，沿著這條小道大約一哩處就是戈辛頓莊。

電影明星買下普克先生的新屋，消息在聖瑪莉米德傳開後，引起人們極大的興趣，他們期望看到村裡第一位傳奇人物出現。就外表而言，白卓．卜勞克讓他們大開眼界。可是實情漸漸傳出。白卓．卜勞克根本不是電影明星，連電影演員都不是。他的資歷很淺，在英國新時代電影公司總部萊維爾電影製片廠負責布景，排名第十五左右。村中少女頓時沒了興趣，在村內舉足輕重、吹毛求疵的老處女們也對白卓．卜勞克的生活方式極為反感，只有藍野豬旅館的老闆繼續對白卓和他的朋友保持熱絡。自從這名年輕人來到這裡，藍野豬旅館的收入增加了。

警車停在普克先生夢幻之屋變形的原木大門前。梅崎上校厭惡地看了一眼裝飾過分的查茲沃思木造部分，然後走到前門，使勁地敲響門環。

出乎他的預料，門很快開了。一個留著黑色長髮，身穿藍色襯衫和橘色燈芯絨長褲的年輕人厲聲問道：「喂，你要幹嘛？」

「你是白卓．卜勞克先生嗎？」

「當然是。」

「如果可以的話，卜勞克先生，我很想和你談一談。」

「你是誰？」

「我是梅崎上校，郡警察局長。」

卜勞克先生態度傲慢地說：「不會吧？多好玩啊！」

梅崎上校跟在後面走了進去，這時他明白了班崔上校的話。真想踹他一腳。

然而他克制住自己，盡量用愉快的口氣說：「卜勞克先生，你起得很早。」

「才不早，我還沒上床呢。」

「這樣啊。」

「我想你來這裡不是要調查我何時上床睡覺吧？如果是，那太浪費郡政府的時間和金錢了。你到底想和我談什麼？」

梅崎上校清清嗓子。

「卜勞克先生，我聽說上個週末你這裡來過一位客人，一位，嗯……年輕的金髮女子。」

白卓．卜勞克瞪大眼睛，他仰起頭，放聲大笑。

「村裡那些可惡的老太婆向你通報了？關於我的品德操守？去他的，品德操守不是警察管的事，這點你明白。」

「正如你說的，」梅崎冷淡地說，「你的品德操守不關我的事。我來找你是因為我們發現了一具金髮女子的屍體，呃，是個外貌有點奇特的女子，被謀殺的。」

「天啊！」卜勞克盯著他。「在哪裡？」

「在戈辛頓莊的藏書室裡。」

「戈辛頓？班崔那老頭的家？唷，真有趣。老班崔！下流的老傢伙！」

梅崎上校的臉脹得通紅。

他對著眼前愈加興高采烈的年輕人厲聲說：「先生，請注意你的言辭。我來這裡是想知道，你是否能就這件事提供任何線索。」

「你來是想問我這裡是否丟失了一位金髮女郎？是這樣嗎？為什麼要……嘿，嘿，嘿，這是誰呀？」

隨著一聲尖厲的煞車聲，一輛車停在外面。從車裡匆匆走下一位身穿黑白色寬大睡衣的年輕女子。她嘴唇緋紅，睫毛塗得烏黑，頭髮呈淡金黃色。她大步走到門口，猛地推開門，生氣地嚷著：「你為什麼丟下我，你這個畜生？」

白卓．卜勞克起身。

「你問得好！為什麼我不該丟下你？我叫你趕快走，你不聽。」

「為什麼你叫我走我就得走？我當時正玩得高興。」

「沒錯，和那個猥瑣的畜生羅森保。你知道他是什麼人。」

「你是嫉妒罷了。」

「別往自己臉上貼金。我討厭我喜歡的女孩喝酒沒有分寸，還讓一個噁心的中歐人毛手毛腳。」

「胡說八道。你自己才喝得凶哩，而且還和那個黑髮的西班牙婊子糾纏不清。」

「我帶你參加派對，你就應該懂規矩。」

「我拒絕聽別人的指揮，就這樣。你說我們先去參加派對然後再回這裡。如果我不想離開一個派對，我是不會走的。」

「沒錯，所以我乾脆丟下你一走了之。我想回這裡就回來了。我不會晃來晃去乾等一個笨女人。」

「你真是又體貼又有禮貌啊！」

「你似乎挺了解我的嘛！」

「我早就想告訴你我對你的看法！」

「如果你認為你可以對我發號施令，我的小姐，那你就錯了！」

「如果你認為你可以對我呼來喚去，你再試試！」

兩人怒目相視。

梅崎上校這時候抓住機會，大聲地清清嗓子。

白卓・卜勞克立刻轉過身來。

「嘿，我忘了你在這兒。你該走了吧，是不是？我來介紹一下，這是黛娜・李，這是郡警察局的老頑固。喏，上校，既然你看見我的金髮女人還活著而且安然無恙，也許你應該好好去查查班崔的性感小妞了。再見！」

梅崎上校說：「我建議你嘴巴放乾淨點，年輕人，否則你就會惹禍上身。」

他滿臉通紅、怒氣沖沖地走了出去。

03

梅崎上校在馬奇班罕的辦公室裡認真翻閱下屬送來的報告。

「一切似乎都很清楚，長官，」史萊克警官總結，「班崔太太晚飯後進了藏書室，將近十點鐘上床睡覺。離開藏書室時她關了燈，這之後大概沒有別人進去過。傭人們十點半上床休息，駱理默把酒放在大廳後，十點四十五分就寢。除了三等女傭，沒有人聽到不尋常的聲音。她聽見的還真多哩……呻吟聲、毛骨悚然的喊叫聲、不祥的腳步聲，天知道還有什麼聲音。和她同住一房的二等女傭卻說對方整晚睡得很熟，沒出一點聲音。這些捏造事實的人給我們帶來好多的麻煩。」

「被撬開的窗戶是怎麼回事？」

「希蒙斯說不是職業小偷幹的；用的是普通鑿子，一般的那種，不會弄出多大聲響。照理說房屋四周應該有把鑿子，但誰也找不到。不過這一點也沒有什麼好奇怪的。」

「你想傭人當中有人知道點什麼嗎？」

史萊克警官有些不情願地答道：「不，長官，我想他們不知道。他們好像都很吃驚而且慌亂。我曾懷疑駱理默，他當時緘默不語，如果您明白我這話的意思，但是現在我看這裡面沒什麼問題。」

梅崎點點頭。駱理默的緘默不足為奇。被精力充沛的史萊克警官訊問過的人，表現經常如此。

門開了，荷大克醫師走了進來。

「我想我應該進來彙報一下大致的情況。」

「對，對，來得正好。有什麼情況？」

「沒多少，和你的看法一致。被勒死的，用的是她本人的緞質腰帶，纏住脖子再繞過後背。做起來輕而易舉，費不了多少力氣，也就是說，在那女子毫無防備的情況下。沒有搏鬥的痕跡。」

「死亡時間呢？」

「大約是在晚上十點和午夜之間。」

「不能更準確點嗎？」

荷大克略微一笑，搖了搖頭。

「我不會拿我的職業名聲冒險。不早於夜晚十點，不晚於午夜十二點。」

「你自己傾向於哪個時間？」

「那要視情況而定。當時壁爐是燃著的，裡面很溫暖，這都會延緩屍體的僵硬程度。」

「還有和她本人有關的資料嗎？」

「沒多少。她很年輕，我看大概十七或十八歲。有些方面還很不成熟，不過肌肉發育良好，很健康。對了，她的處女膜完好無損。」

醫師點了一下頭，走了出去。

梅崎問警官：「你確定在戈辛頓沒有人見過她？」

「這一點傭人們很肯定，而且對這件事非常憤慨。他們說如果在附近見過她，他們是不會忘的。」

「我想也是，」梅崎說，「那種類型的人，只要在方圓一哩的範圍內出現，都不會讓人忘記。看一看卜勞克的那個年輕女友就知道。」

「可惜不是她，」史萊克說，「不然就有頭緒了。」

「我覺得這個女子一定是從倫敦來的。」警察局長沉思地說，「在這附近恐怕找不到任何線索。如果是這樣，我們最好向蘇格蘭警場報案。這個案子應該由他們負責，不是我們。」

「她一定是有原因才來這裡的。」史萊克說。

他試探性地加上一句：「我想班崔上校和他太太一定知道點什麼，當然，我知道他們是您的朋友，長官……」

梅崎上校冷冷地瞪他一眼，嚴厲地說：「你可以放心，一切可能性我都會考慮在內……每一種可能。」他接著說：「我想你已看過失蹤人口名單了？」

史萊克點點頭。他拿出一張打了字的紙。

「全在這裡。桑德斯夫人，一星期前上報失蹤，黑髮，藍眼睛，三十六歲。不是她，而且除了她丈夫之外，每個人都知道她和一個來自里茲的傢伙私奔了，為了錢。巴納德夫人，六十五歲。潘蜜拉．里福斯，十六歲，昨晚從家裡失蹤，之前參加了女童軍大會，深褐色的頭髮，梳著辮子，身高五呎五……」

梅崎惱火地說：「不要再唸那些愚蠢的細節了，史萊克。這並不是一個女學生。依我看……」

電話鈴響了。

「喂，是，是，馬奇班罕警察局，什麼？等一等……」

他一邊聽一邊快速記錄。再開口時，他的口氣變了。

「露比．基恩，十八歲，職業舞者，身高五呎四吋，苗條，淡金黃色頭髮，藍眼，朝天鼻，身穿白色鑲亮片的晚禮服，銀色的涼鞋。是這樣嗎？什麼？嗯，毫無疑問，我確定。我馬上派史萊克過去。」

他放下電話，興奮地看著他的屬下。

「我想有眉目了。剛才是格倫郡警察局來的電話（格倫郡是相鄰的郡），戴恩茅斯的尊皇飯店有個女孩失蹤了。」

「戴恩茅斯，」史萊克警官說，「這還差不多。」

戴恩茅斯是鄰近一處又大又熱門的海濱勝地。

「離這裡只不過十八哩左右的距離，」警察局長說，「失蹤的女孩是尊皇飯店的舞者或什麼人。昨晚該她上場時沒有到，經理很不高興。今天上午還不見她人影，於是另一個女孩或誰擔心害怕起來。有點讓人費解。史萊克，你最好立刻動身前往戴恩茅斯，到那以後向哈珀主任報到並且與他合作。」

§

外出辦案一向最合史萊克警官的意。駕車疾馳，粗暴地讓那些急於向他敘述的人閉嘴，以情況緊急為由打斷談話……所有這些對史萊克來講都是生命的泉源。

因此，在令人難以置信的短時間內，他趕到了戴恩茅斯，向警察局報到，和心神不定、焦慮不安的飯店經理進行了簡短的會面，給對方留下了不明確的安慰……「在我們興師動眾之前，必須先確定死者是這個女孩。」接著便和露比．基恩最親近的親屬駕車返回馬奇班罕。

離開戴恩茅斯前，他撥了一通簡短的電話至馬奇班罕，雖然警察局長對他的出現不覺奇怪，可是對「這是喬希，長官。」的簡單介紹沒有心理準備。

梅崎上校冷冷地盯著他的下屬。他覺得史萊克的神經出了問題。

剛剛下車的那位年輕女子連忙上前解圍。

「那是我的藝名，」她解釋說，露出一排大而白的漂亮牙齒。「雷蒙和喬希，我的搭檔和我這樣自稱，當然，飯店裡的人都叫我喬希。約瑟芬．特納是我的真名。」

梅崎上校調整了情緒，並邀請特納小姐坐下，同時迅速以專業的眼光瞥了她一眼。

這是一位漂亮的年輕女子，年紀大概三十而非二十出頭，她的美貌泰半藉由巧妙修飾而成，而非五官天生美麗。看起來她的能力很強，脾氣好，通情達理。她絕不屬於光豔照人的類型，可是魅力四射。她的妝化得很仔細，身上穿著訂製的深色套裝。儘管她看起來難過不安，可是上校覺得她並不太過憂傷。

她坐下後說：「這件事太可怕了，讓人難以相信。你們真的認為她是露比？」

「這個恐怕要請你來告訴我們。這可能會讓您很難過。」

特納小姐不安地問：「她……她，看起來很可怕嗎？」

「恐怕會讓您大吃一驚。」

他向她遞去他的菸盒，她感激地接受了一根。

「你……你們想讓我馬上看她嗎？」

「恐怕這樣最好，特納小姐。您知道，在我們還沒確定之前便問您問題，沒有意義。我們盡早完成這一切比較好，您不覺得嗎？」

「好。」

他們驅車前往殯儀館。

一會兒之後，喬希出來了，她的臉色很難看。

「沒錯，是露比。」她說話的時候聲音發顫。「可憐的孩子！天哪，太奇怪了。有沒有……」她急切地四下張望。「有琴酒嗎？」

沒有琴酒，但是有白蘭地，特納小姐喝下一點後，恢復了鎮定。她直言道：「看到這樣的情形真讓人吃驚，可憐的小露比！男人真是豬玀，是吧？」

「您認為是個男人幹的？」

喬希略顯驚訝。

「不是嗎？嗯，我的意思是，我自然認為……」

「您能想起任何特定的男人嗎？」

她使勁地搖搖頭。

「不，我想不起來，我什麼都不知道。露比也不會讓我知道，如果……」

「如果什麼？」

喬希猶豫不決。

「嗯，如果她……正在和別人談戀愛。」

梅崎敏銳地看了她一眼。他悶不吭聲，直到他們回到他的辦公室後才開口說：「特納小姐，我要您把你所知道的一切都告訴我。」

「好的，沒問題。我從哪裡開始？」

「我需要知道這個女孩的全名及住址，她與您的關係，還有您所知道關於她的一切。」

約瑟芬．特納點點頭。梅崎此時更加確信她並不很難過。她吃驚、難過，僅此而已。她還算侃侃而談。

「她的名字叫露比．基恩，這是她的藝名。她的真名叫蘿西．萊格。她的母親和我的母親是表姐妹。我從小就認識她，不過和她並不熟，如果您明白我這樣講的意思。我有很多表兄妹，有些在做生意，有些在演藝界。露比受過一點舞蹈方面的訓練。去年她在演童話劇時表現不錯。她那個劇團不是挺高級，但是個還不錯的地方劇團。從那以後她在倫敦南部布里克斯威爾的豪華舞廳當舞女。這個舞廳體面正派，也很照顧這些女孩，可是賺不了大錢。」

她停頓了一下。

梅崎上校點點頭。

「到這就該說我了。我在戴恩茅斯的尊皇飯店已經做了三年的舞蹈和橋牌公關。這個工作不錯，報酬高，做起來愉快。客人來了之後我就招呼他們，當然要判斷客人，有的人喜歡獨處，有的人寂寞而想找事情做。我的任務就是把興趣相同的人聚集起來玩橋牌，讓年輕人一塊跳舞等等。這需要一點機智和經驗。」

梅崎又點了點頭。他相信眼前這個女子一定很擅長她所做的工作；她讓人感覺親切、舒服，而且他認為她為人精明。

「除此之外，」喬希繼續說，「每晚我和雷蒙要表演幾組舞蹈。雷蒙．史塔，他是網球和跳舞高手。嗯，很不湊巧，今年夏天有一天，我游泳時不慎在岩石上滑了一跤，腳踝扭傷得很嚴重。」

梅崎已經注意到她走路時有點瘸。

「自然我暫時就不能跳了，這樣一來事情有點棘手。我不想讓飯店找人代替我。這樣做不免有危險。」剎那間，她溫和的藍眼睛變得堅強犀利；這是一位為生活而奮鬥的女性。「要知道，他們會毀掉你的前程。所以我想到了露比，並向經理推薦她。我繼續做舞蹈公關並負責橋牌等活動。露比只負責跳舞。肥水不落外人田，我想您懂我的意思吧？」

梅崎說他明白。

「就這樣，他們同意了。我打電話給露比，她來了。對她來講，這是一個機會，比她以往做過的任何工作都高級。這大約是一個月前的事。」

梅崎上校說：「我明白。她做得挺好的吧？」

「哦，是的。」喬希不經意地說，「她做得不錯。雖然她舞沒我跳得好，但雷蒙很聰明，很快帶她進入狀況。而且她很漂亮，身材苗條，皮膚白皙，天真無邪。就是化妝有點過頭，我常針對這一點要求她改進。但您也知道現在的女孩是什麼樣。她才十八歲，這個年齡的女孩都化妝，而且化得過濃。這在像尊皇飯店這樣高級的地方不合適。我總是批評她這一點，強迫她把妝化淡一點。」

梅崎問：「她受歡迎嗎？」

「哦，是的。告訴您，露比的反應能力不怎麼好。她有點笨。她和年紀大的人相處得比較好。」

「她有特別的朋友嗎？」

眼前的女孩完全會意地看著他。

「沒有您意指的那種，就我所知沒有。不過呢，即使有，她也不會告訴我。」

有那麼一會兒，梅崎納悶露比為什麼不告訴她，喬希並不像一位管教嚴格的人。然而他只是說：「現在請您向我描述一下最後看見您表妹的情況。」

「昨天晚上，她和雷蒙應該表演兩場舞蹈，一場在十點半，另一場在午夜。他們跳完了第一場。這之後，我看到露比和住在飯店裡的一個年輕人一起跳舞。當時我和幾個客人正在大廳玩橋牌。大廳和舞廳之間隔著一道玻璃牆。這是我最後一次看見她。午夜剛過，雷蒙就急急忙忙來了，問露比在哪裡，說該她上場了卻還沒有看見她的影子。說實話，我當時真的氣壞了！女孩子就專做這種蠢事，惹得經理發火，然後炒她們的魷魚！我和他一起去她的房間找，可是她不在裡面。我注意到她換了衣服。她跳舞時穿的那件禮服，一件粉紅色泡泡似的蓬裙，搭在椅子上。通常她總是穿著這件禮服……除開特別的跳舞之夜，也就是說，星期三。

「我不知道她去了哪裡。我們讓樂隊又演奏了一首狐步舞曲，可是依然不見露比蹤影，因此我就對雷蒙說，我和他一起表演。我們選了一首讓我腳踝不吃力的舞曲，而且還縮短了時間，但我的腳踝仍然被折騰得厲害，今天早上全腫了。露比卻還是沒現身，我們熬夜等到兩點。我當時氣她氣個半死。」

她的聲音微微有些發顫。梅崎聽得出她真的很生氣。有一會兒，他覺得她的反應似乎過於強烈。他覺得對方刻意隱瞞了某些事情。他說：「今天早上，當大家發現露比．基恩還沒有回來，床也沒有睡過的痕跡，您就報警了？」

從史萊克在戴恩茅斯打來的簡短電話中他知道並非如此。但是他想聽聽約瑟芬・特納會怎麼說。

她並未猶豫。她說：「不，我沒有。」

「為什麼沒有呢，特納小姐？」

她坦誠地看著他說：「如果您處在我的立場，您也不會的！」

「您認為不會嗎？」

喬希說：「我必須要考慮到我的工作。飯店最忌諱的事就是醜聞，特別是驚動警方的事。我當時認為露比不會出什麼事。我根本沒想過她會出事！我想她只是讓某個年輕人迷昏了頭。我想她會平安無事回來的，我準備等她回來後好好罵她一頓！十八歲的女孩蠢得要命。」

梅崎假裝在看他的筆記。

「哦，對了，我聽說是一個傑佛遜先生報的警。他是住在飯店裡的客人嗎？」

約瑟芬・特納簡短地回答：「是的。」

梅崎上校問：「傑佛遜先生為什麼要報警？」

喬希摸著上衣的袖口，顯得侷促不安。梅崎上校再次感覺到她有事相瞞。只聽她非常惱怒地說：「他是個殘疾人士。他……他很容易慌張。我的意思是，因為他是殘疾人士。」

梅崎忽略這個話題。他問：「您最後看到和您表妹跳舞的那個年輕人是誰？」
「他叫巴特利。已經在飯店住了大約十天。」
「他們之間關係很好嗎？」
「沒什麼特別的，我想。總之，就我所知是這樣。」
她的語氣又帶有奇怪的憤怒。
「他說了些什麼？」
「他說跳完舞後露比上樓去補妝。」
「就在這時她換了衣服？」
「大概是。」
「你知道的就這麼多？這之後她就……」
「消失了。」喬希說，「沒錯。」
「基恩小姐認識聖瑪莉米德的什麼人嗎？或者附近的任何人？」
「我不知道。也許認識。從四面八方到戴恩茅斯尊皇飯店的年輕人很多。除非他們碰巧提起，不然我根本不知道他們住在哪裡。」
「你曾聽見你表妹提起過戈辛頓嗎？」
「戈辛頓？」喬希一臉迷惑。

「戈辛頓莊。」

她搖搖頭。

「從未聽說過。」她的語氣堅定，也有一絲好奇。

「戈辛頓莊，」梅崎上校解釋說，「就是發現她屍體的地方。」

「戈辛頓莊？」她瞪大了眼。「太奇怪了！」

梅崎自忖，是奇怪。

他大聲說：「你認識一位班崔上校或夫人嗎？」

喬希又搖了搖頭。

「或者一位白卓・卜勞克先生？」

她微微皺起眉頭。

「我想我聽過這個名字。對，我確定聽過，但是記不起有關他的任何事情。」

勤勉的史萊克警官向上司遞去一張筆記本上撕下的紙。上面用鉛筆寫著：班崔上校上星期在尊皇飯店吃過飯。

梅崎抬起頭，與警官四目交會。警察局長的臉脹紅了。史萊克是一位狂熱積極的警官，梅崎非常不喜歡他。但是他不能不理會這樣的挑釁。警官正默默指控他袒護自己的朋友，包庇「老同學」。

他轉向喬希。

「特納小姐，如果您不介意，我想請您和我去一趟戈辛頓莊。」

梅崎幾乎未理會喬希表示同意的喃喃聲，他冷冷地、蔑視地與史萊克相視。

04

聖瑪莉米德正迎接長久以來最令人興奮的早晨。

衛瑟碧小姐，一個長鼻子、尖酸刻薄的老處女，首先開始傳播那激動人心的消息。她敲響了鄰居好友哈娜家的門。

「親愛的，請原諒我這麼早過來。不過，我想你也許還沒有聽說這個新聞吧。」

「什麼新聞？」哈娜小姐趕緊問。

她的嗓音十分低沉。儘管窮人都不願意接受她的幫助，但是她對於探訪貧戶的事仍舊樂此不疲。

「班崔上校的藏書室裡發現了一具屍體，一具女人的屍體。」

「班崔上校的藏書室？」

「是的，太可怕了。」

「他太太真可憐。」哈娜小姐盡力掩飾她熾熱燃燒的快感。

「是啊，我猜她什麼也不知道。」

哈娜小姐開始多管閒事地發表意見。

「她太重視她的花園，對她的丈夫關心不夠。對男人你必須留神，任何時候、任何時期。」哈娜小姐狠狠地重複。

「是呀，是呀。這件事太可怕了。」

「不知道珍．瑪波會怎麼說。你想她知道些什麼情況嗎？她對這種事情很敏感。」

「珍．瑪波已經去過戈辛頓了。」

「什麼？今天早上？」

「很早，早飯前。」

「真是的！想不到！哦，我的意思是，這樣做太過分了。我們都知道珍愛探聽消息，但我得說這一次她的做法不得體！」

「哦，那是班崔太太叫她去的。」

「班崔太太叫她去的？」

「是馬斯威開車來接的。」

「天啊！太離奇了……」

她們倆沉默了一兩分鐘，力圖消化這條新聞。

「那是誰的屍體？」哈娜小姐問。

「你知道那個和白卓・卜勞克一起來的可怕女人嗎？」

「那個把頭髮漂成淡黃色的可怕女人？」哈娜小姐有點落伍，她尚未從淡黃色進步到淡金黃色。「那個幾乎什麼都不穿就躺在花園裡的女人？」

「是的，親愛的。這一回她躺在……爐前地毯上，被勒死了！」

「你是什麼意思？在戈辛頓？」

衛瑟碧小姐意味深長地點點頭。

「那，班崔上校也……」

衛瑟碧小姐又點了點頭。

「噢！」

兩位婦人短暫品味著這新一樁鄉間的醜聞。

「真是個邪惡的女人！」義憤填膺的哈娜小姐吼道。

「恐怕太……太放縱了！」

「而班崔上校，這麼一個沉靜的好人……」

衛瑟碧小姐興沖沖地說：「通常那些沉默寡言的人最壞。珍．瑪波小姐總是這樣說。」

§

普萊絲．雷里夫人是最後聽到這道消息的那批人。

她是一個富有、專橫的寡婦，住在牧師公館隔壁的一棟大房子裡。她的消息來源是她的小女傭克拉拉。

「克拉拉，你說是一個女人？死在班崔上校的爐前地毯上？」

「是的，夫人。而且啊，夫人，他們還說她身上什麼也沒穿，夫人，一絲不掛耶！」

「夠了，克拉拉，不必講細節。」

「是的，夫人。他們說啊，夫人，開始以為是卜勞克先生的年輕女伴，就是和他一起下來在普克先生的新屋度週末的那位。現在他們說是另一個年輕小姐。魚販的夥計說，他怎麼也不敢相信班崔上校這種在星期天傳遞捐款盤的人竟會這樣。」

「這個世界充滿邪惡，克拉拉。」普萊絲．雷里夫人說，「這件事對你是個警惕。」

「是的，夫人。只要屋裡有男人，我母親從不讓我待在那兒。」

「這就好，克拉拉。」普萊絲．雷里夫人說。

§

普萊絲・雷里夫人的住宅離牧師公館只有一步之遙。

普萊絲・雷里夫人十分幸運地在牧師的書房裡找到了他。

牧師是一位溫和的中年人，他總是最後一個聽到消息。

「這件事太可怕了。」普萊絲・雷里夫人因為來時走得太快，說話時有點氣喘，「我覺得必須聽聽您的意見，您對這事的看法，親愛的牧師。」

克萊蒙先生顯得有些驚訝。他問：「發生了什麼事嗎？」

「發生了什麼事？」普萊絲・雷里夫人戲劇性地重複這個問題。「天大的醜聞！誰也不清楚是怎麼回事。一個放縱的女人，全身赤裸，被勒死在班崔上校的爐前地毯上。」

牧師睜大眼睛。他說：「您……您弄錯了吧？」

「也難怪您不相信！我起初也不相信。那人真虛偽！這麼多年！」

「請告訴我這到底是怎麼回事。」

普萊絲・雷里夫人立刻開始起勁地敘述。

等她講完之後，克萊蒙先生輕輕地說：「但是，沒有證據證明班崔上校和這件事有牽連，對吧？」

「哦，親愛的牧師，您太超凡脫俗了！有件事我得告訴你。上星期四，或者是上上星期四……這個沒關係，我坐特價日間火車去倫敦。班崔上校和我在同一個車廂。我覺得他看起來非常心不在焉，一路上都埋首在《泰晤士報》中，好像不想說話。」

牧師完全理解並稍帶同情地點點頭。

「在派汀頓車站我和他道別。他要幫我叫一輛計程車，可是我要坐公車去牛津街，於是他坐進一輛計程車，我清楚聽見他對司機說去哪裡。您猜去哪裡？」

克萊蒙先生的目光在詢問。

「去聖約翰森林！」

普萊絲．雷里夫人得意洋洋地止住。

牧師還是絲毫未開竅。

「我想，這點啊，證明他和這件事有關。」普萊絲．雷里夫人說。

§

戈辛頓莊，班崔太太和瑪波小姐正坐在客廳裡。

「你知道，」班崔太太說，「我真高興他們把屍體搬走了。家裡有具屍體真不是滋味。」

瑪波小姐點點頭。

「我知道，親愛的，我知道你的感受。」

「你不會知道，」班崔太太說，「除非你親身經歷過。我知道你家隔壁也出現過屍體，但那是兩碼事。我只希望，」她接著說：「亞瑟不會開始討厭那個藏書室。我們以前經常坐在那裡。你要幹什麼，珍？」

這時瑪波小姐看了一下錶，正要起身。

「既然不能再幫你什麼，我想我該回家了。」

「先別走。」班崔太太說，「雖然指紋專家、攝影師和大多數的警察都走了，但我感覺還會有事情發生。你不想錯過什麼吧。」

電話鈴響了，她走過去接，回來時滿臉欣喜。

「我說過會有事情發生吧。是梅崎上校打來的。他正要帶那個可憐女孩的表姐過來。」

「不知道來幹什麼。」瑪波小姐說。

「哦，我想是來看看出事的地點吧。」

「我想不只這些。」瑪波小姐說。

「你是什麼意思，珍？」

「嗯，我想，也許，他想帶她見見班崔上校。」

班崔太太急促地說：「看她是否能夠認出他？我猜……哦，沒錯，我猜他們一定會懷疑亞瑟。」

「恐怕是。」

「好像亞瑟和這件事有關似的！」

瑪波小姐沉默不語。班崔太太惱怒地向她發起火來。

「不要跟我舉韓德森老將軍的例子，或某個和女傭人暗通款曲的噁心老頭。亞瑟不是那種人。」

「不是，不是，當然不是。」

「不是，他真的不是那種人。他只是呢，有時候在來打網球的漂亮女孩面前有點蠢，和藹長輩似的愚蠢，沒有一點惡意。他這樣有什麼不對嗎？」班崔太太最後相當曖昧地說，「反正，我有那個花園。」

瑪波小姐笑了。

「桃莉，你不要擔心。」她說。

「我是不想擔心，但還是有點放不下心。亞瑟也有點著急。這件事讓他心煩意亂。周圍到處都是警察。他到農場去了。心煩時看看豬或別的東西能使他平靜下來。看，他們來了。」

警察局長的車停在外面。

梅崎上校和一位衣著亮麗的女士走了進來。

「班崔太太，這是特納小姐，呃，被害人的表姐。」

「你好。」班崔太太說，同時伸出了手。「這一切一定讓你很難過。」

約瑟芬・特納坦率地說：「哦，是的。這一切不像是真的，而像一場噩夢。」

班崔太太介紹了瑪波小姐。

梅崎隨口問了一句：「你家那位大好人呢？」

「他有事去農場了，一會兒就回來。」

「哦。」梅崎似乎有些茫然。

班崔太太對喬希說：「你想看看出事的……出事的地方嗎？或者不想看？」

片刻後，約瑟芬說：「我想我願意看一看。」

班崔太太領著她走進藏書室，瑪波小姐和梅崎跟在後面。

「她當時在那裡，」班崔太太說，一隻手誇張地指著。「在爐前地毯上。」

「哦！」喬希顫慄了一下。她一臉迷惑不解，皺著眉說：「我真不明白！不明白！」

「唉，我們也不明白。」班崔太太說。

喬希緩慢地說：「這不是那種地方……」她的話只說了一半。

瑪波小姐輕輕地點點頭，表示同意她未說完的話。

「正是這點，」她小聲說，「才使這件事變得非常特別。」
「說吧，瑪波小姐，」梅崎上校開心地說，「您有任何事例嗎？」
「哦，是的，有一個事例。」瑪波小姐說，「一個充分的事例。當然這只不過是我本人的想法。湯米．邦德，」她繼續說：「和馬丁太太，我們新來的女教師。她準備給鐘上緊發條時，一隻青蛙跳了出來。」
約瑟芬．特納一臉迷惑。等他們都走出房間後，她小聲問班崔太太：「這位老太太的精神是不是有點毛病？」
「一點毛病也沒有。」班崔太太生氣地說。
喬希說：「對不起，我以為她說自己是青蛙或什麼的。」
班崔上校從側門進來。梅崎大聲招呼他，並在介紹他和約瑟芬．特納認識時，注意觀察後者。但是從她的臉上看不出相識或感興趣的表情。梅崎鬆了一口氣。該死的史萊克和他的含沙射影！
為回答班崔太太的問題，喬希把露比．基恩失蹤的故事從頭到尾又說了一遍。
「親愛的，你一定擔心死了。」班崔太太說。
「我是生氣大過擔心。」喬希說，「你知道，我當時不知道她出事了。」
「然而，」瑪波小姐說，「你還是報了警。這樣做難道不會太……請原諒我這樣說……

太性急了嗎？」

喬希急忙說：「哦，我沒有報警，是傑佛遜先生報的。」

班崔太太說：「傑佛遜？」

「是的，他是個殘疾人士！」

「不會是康偉．傑佛遜吧？我和他很熟，他是我們的老朋友。亞瑟，你看，是康偉．傑佛遜！他目前住在尊皇飯店，是他向警方報案的！很巧吧？」

約瑟芬．特納說：「去年夏天傑佛遜先生也來過這裡。」

「真的！我們一點也不知道。我很久沒見到他了。」班崔太太問喬希：「他現在好嗎？」

喬希想了想。

「我覺得他很好，真的，非常好。我的意思是，他總是很高興，總有笑話講。」

「他的家人和他在一起嗎？」

「你指的是加斯凱先生、小傑佛遜夫人和彼得？哦，是的。」

約瑟芬．特納坦率迷人的外表下掩藏著什麼。當她說到傑佛遜一家時，聲音裡流露出某些不自然。

班崔太太說：「他們兩人都很好吧？我是指那對年輕人。」

喬希非常遲疑地說：「哦，是的，是的，他們很好。我……我們……是的，他們很好，真的。」

§

班崔太太透過窗戶望著離去的警察局長專車說：「她那樣說是什麼意思？『他們很好，真的。』珍，你不覺得有些……」

瑪波小姐馬上說：「哦，是的，我確實感覺到了。這一點錯不了！提到傑佛遜的家人時，她的態度馬上就變了。這之前她似乎一直都很自然。」

「珍，你看這是怎麼一回事？」

「嗯，親愛的，你認識他們啊。就像你說的，我覺得這家人有什麼事情讓這個年輕女子困擾。還有，你有沒有注意到，當你問她是否為那個失蹤女孩擔心時，她說她很生氣！而且她看起來是生氣了，真的生氣！這一點讓我覺得有意思。我有一種感覺，也許是錯的……她對這女孩的死，最主要的反應是生氣。我確信她不在意這個女孩。她一點兒也不悲傷。但我可以肯定地說，她一想到那個叫露比．基恩的女孩就生氣。有趣的是，為什麼？」

「我們會查出來的！」班崔太太說，「我們去戴恩茅斯的尊皇飯店住，就這麼辦，珍，你也去。這一切發生之後，我也需要放鬆一下。在尊皇飯店住幾天，這就是我們需要的。

你還要見見康偉·傑佛遜。他是一個不錯……非常不錯的人。這是一個你想像得到最悲傷的故事。他曾有一對非常疼愛的兒女。他們雖然都已成婚，但還是在父母家裡住了好久。他的太太也是個最可愛的女人，他對她非常專情。有一年他們搭機從法國回家，途中出了事。駕駛、傑佛遜夫人、羅莎美、法蘭克都遇難了。康偉的兩條腿傷得太重，不得不截肢。但他一直表現得很了不起，他的勇氣、他的精神！他曾是一個非常活躍的人，現在卻是一個無助的瘸子，但他從不抱怨。他的兒媳婦和他住一起，她和法蘭克·傑佛遜結婚前是個寡婦，身邊有個和前夫生的兒子，彼得·卡莫迪。他們兩個和康偉住在一起。羅莎美的丈夫馬克·加斯凱大部分時間也在那裡。這是一場最淒慘的悲劇。」

「現在，」瑪波小姐說，「又有一場悲劇……」

班崔太太說：「哦，是呀，是呀，但是和傑佛遜一家沒有關係。」

「沒有關係嗎？」瑪波小姐說，「是傑佛遜先生向警方報的案。」

「確實是他報的案……嘿，珍，這真奇怪……」

05

梅崎上校眼前是一個非常惱怒的飯店經理。在場還有格倫郡警察局的刑事主任哈珀及陰魂不散的史萊克警官，後者對警察局長蓄意插手這個案子極為不滿。

哈珀主任傾向於安慰幾乎要流淚的普雷斯，梅崎上校的態度則強硬粗暴。

「事情都發生了，難過也沒用。」他嚴厲地說，「那女孩死了，被勒死的。你運氣好，她不是在你的飯店裡被勒死，所以這案子在另一個郡進行調查，你的生意不會受到什麼影響。但是有些事情我們必須搞清楚，而且愈快愈好。你不必擔心，我們辦事既謹慎又老練。所以我建議你不要拐彎抹角。關於這個女孩，你到底知道些什麼？」

「她的事我什麼也不知道，完全不知道。是喬希帶她來的。」

「喬希在這裡很久了嗎？」

「兩年，不，三年。」

「你喜歡她？」

「是的，喬希這個女孩不錯，一個好女孩，她很有能力，負責公關，緩和人們之間的摩擦，你知道，橋牌是一種很微妙的遊戲……」

梅崎上校頗有感觸地點點頭。他的妻子就熱中於橋牌，可是牌藝極差。普雷斯先生繼續說：「喬希非常善於化解人們之間的不快。她擅長於和人打交道，聰明而且果斷，如果您明白我的意思。」

梅崎又點點頭。現在他知道約瑟芬．特納小姐使他想起了什麼。儘管她化了妝且穿著漂亮，但她身上明顯有家教老師的味道。

「我很依賴她。」普雷斯先生繼續說，他開始憤憤不平。「真不知道她為什麼那麼傻，偏要到滑溜的岩石上玩？我們這兒有很不錯的海灘。為什麼她不在這裡游泳？結果滑倒扭傷了腳踝。這對我太不公平！我花錢是讓她跳舞、打橋牌、哄客人們高興，不是讓她到岩石邊游泳好折斷腳踝。跳舞的人應該隨時留意他們的腳踝，不能冒險。我對這件事很惱火。這對飯店來講不公平。」

梅崎打斷了他的敘述。

「所以她建議讓這個女孩……她的表妹，來代替她？」

普雷斯不情願地表示同意。

「沒錯。這個主意聽起來不錯。請注意，我並不打算付額外的報酬。我可以用那女孩，但是薪水，她得和喬希談攏。情況就是這樣。我對那女孩一無所知。」

「可是她表現得不錯。」

「哦，是的，她沒有什麼不對勁的地方，至少看起來如此。當然，她很年輕，也許對這種地方來講，她的風格有些低俗，但是她的規矩不錯，文靜、懂禮貌，舞又跳得好，人們都喜歡她。」

「漂亮嗎？」

就那張青腫的臉而言，這個問題很難確定。

普雷斯想了想。

「介於一般到中等之間。她有點偏瘦，如果您明白我的意思。不化妝就不起眼。所以她盡力使自己看起來非常吸引人。」

「有許多年輕人在她周圍打轉嗎？」

「我知道您是什麼意思，先生。」普雷斯激動起來。「我什麼都不曾看見，沒什麼特別的。有一兩個男孩偶爾在她身邊晃來晃去，但這沒什麼好奇怪的，和勒死的事絕對無關。她和年長的人也相處得好，她舉止天真，像個孩子，如果您明白我的意思。這一點讓年紀大的人感到開心。」

哈珀主任嗓音低沉地說：「例如，傑佛遜先生？」

經理對此表示同意。

「是的，傑佛遜先生是我想到的其中一人。她過去常常和他以及他的家人坐在一起。他有時候帶她一起坐車出去兜風。傑佛遜先生非常喜歡年輕人，對他們也很好。我不想讓人有什麼誤解。傑佛遜先生是個瘸子，他的活動能力有限，局限在輪椅上的活動。但他總是很喜歡看年輕人玩得高興，看他們打網球、游泳等等，還在這裡為年輕人舉行派對。他喜歡年輕人，他沒有什麼不好的評價。他是一個受人歡迎的紳士，而且我認為他是個非常優秀的人。」

梅崎問：「他對露比·基恩感興趣？」

「我想她的談吐讓他覺得有趣。」

「他的家人也和他一樣喜歡她嗎？」

「他們一向對她不錯。」

哈珀說：「是他向警方報案女孩失蹤的？」

他刻意強調這句話裡所包含的意義和責難。經理立刻說：「哈珀先生，你站在我的立場想想。當時我作夢也不曾想到會出事。傑佛遜先生來到我的辦公室，他大發雷霆，情緒非常激動，說那女孩沒在她的房間裡睡覺，昨晚跳舞也沒上場，她一定是坐車出去兜風了，而且可能出了意外，應該立刻報警，趕緊調查！激動之下他非常專橫。當場他就打了電話向警方報案。」

「沒有和特納小姐商量？」

「我看得出喬希不太喜歡這個做法。她對整件事都非常惱火，我的意思是，她對露比十分惱火。不過她能說什麼呢？」

「我看，」梅崎說，「我們最好見見傑佛遜先生。怎麼樣，哈珀？」

哈珀主任表示同意。

§

普雷斯先生和他們一起向康偉．傑佛遜的房間走去。房間在二樓，在這裡能俯瞰大海。梅崎漫不經心地說：「他過得挺不錯的，是吧？他很有錢？」

「我想他的確很富有。他在這裡出手大方。訂的是最好的房間，食物通常是一樣一樣單點，不吃套餐，喝昂貴的葡萄酒，一切都是最好的。」

梅崎點點頭。

普雷斯先生輕輕地敲了敲門，一個女人的聲音說道：「進來。」

經理走了進去，其他人跟在後面。

屋內有位女士靠窗邊坐著，轉頭看著他們進門，普雷斯先生帶著歉意說：「很抱歉打擾您，傑佛遜夫人，可是這幾位先生呢，是警察局來的。他們很想和傑佛遜先生談談。呃，這是梅崎上校、哈珀主任、史萊克……呃，警官，這是傑佛遜夫人。」

傑佛遜夫人對介紹過的人一一頷首。

一位普通的女士，這是梅崎的第一眼印象。但當她嘴唇微微泛起笑意開口說話時，他改變了第一眼的看法。她的聲音相當迷人，很悅耳，她的眼睛呈淡褐色，清澈明亮，非常漂亮。她穿著樸素，但很得體。他判斷她大約三十五歲。

她說：「我的公公正在睡覺。他的身體很虛弱，這件事對他打擊很大。我們不得不請醫生。醫生給他注射了鎮靜劑。我想他一醒來就會見你們。那麼現在我能為你們做點什麼？請坐吧。」

普雷斯先生急於離去，他對梅崎上校說：「那，呃，如果這裡沒我的事的話……」

在獲得同意後他感激不盡地走了出去。

門在他身後關上，屋內的氣氛變得比較溫和融洽。阿提蕾．傑佛遜能創造出一種寧靜的氛圍。她似乎從不說任何驚人之語，卻能促使別人開口說話，並且讓他們感到自在。此時她恰如其分地說：「我們對這件事都感到很震驚。我們常和這個女孩見面。真讓人難以置信。

我的公公非常難過，他很喜歡露比。」

梅崎說：「聽說是傑佛遜先生向警方報案她失蹤了？」

他想看看她對此有什麼反應。有一點，只有一點，惱火？擔憂？他無法確切判斷是什麼，但有點不對勁，而且在他看來，她的確在振作精神，就好像要對付一件棘手的事。

她說：「是的，是這樣。他是個殘疾人士，很容易激動不安。我們盡力勸他說不要緊的，一定有什麼原因，而且那女孩不會希望我們報警。可是他不聽。看，」她做了一個小手勢。「他是對的，我們錯了。」

梅崎問：「傑佛遜夫人，您對露比．基恩了解多少？」

她想了想。

「這很難講，我公公非常喜歡年輕人，喜歡和他們待在一起。露比在他眼裡是一種新的類型，她的喋喋不休讓他感覺很有趣。她經常和我們一起坐在飯店裡，我公公還帶著她駕車兜風。」

她的聲音表明她不想介入此事。

梅崎自忖：只要她願意，她還有得講。

他說：「您能就您所知，把昨晚發生的事告訴我嗎？」

「當然。不過恐怕沒有多少有用的東西。晚飯後，露比和我們一起坐在大廳裡。開始跳舞了她還坐在那裡。我們已經安排好打橋牌，正在等馬克，也就是馬克·加斯凱，我的內弟，他娶了傑佛遜先生的女兒，他有些重要的信要寫，我們也在等喬希，她和我們一起湊成四個。」

「你們經常這樣玩牌嗎？」

「經常。喬希是個一流的牌手，而且人也很好。我公公十分喜歡玩橋牌，只要有可能，他就逮住喬希湊成第四個牌友。當然，她必須安排每一個四人組，所以不能總是和我們一塊兒玩，但只要可能，她就加入我們的行列，而且因為，」她微微笑了笑。「我公公在這裡花了不少錢，所以喬希討好我們，經理也感到高興。」

梅崎問：「您喜歡喬希嗎？」

「是的，我喜歡。她總是和和氣氣，開開心心，工作勤奮而且似乎樂在其中。雖然她沒有受過良好的教育，但她人很精明，而且不會做作。她很自然，不裝腔作勢。」

「請繼續說下去，傑佛遜夫人。」

「我剛才說過，喬希必須安排四人一組打橋牌。馬克在寫信，所以露比和我們坐在一起聊天的時間比往常多一點。後來喬希來了，露比就起身去和雷蒙跳她的第一支雙人舞，他是個職業舞蹈者和網球手。露比回來的時候馬克剛剛加入我們。於是她就去和一個年輕人跳舞，我們四個人就開始打橋牌。」

她停了下來，做了一個無奈的小手勢。

「我知道的就這些！她跳舞時我望過她一眼，但橋牌是一種要求注意力集中的遊戲，我幾乎沒有看向玻璃牆那邊的舞廳。到了午夜，雷蒙來找喬希，他神情懊惱，問露比在哪裡，喬希當然叫他閉嘴，可是……」

哈珀主任打斷她的話，他用特有的平靜聲音說：「為什麼說『當然』，傑佛遜夫人？」

「嗯，」她猶豫不定，梅崎覺得她有點惱怒。「喬希不想讓那女孩曠職的事情鬧大。從某種意義上來說，她覺得自己應對那女孩負責。她說露比可能在樓上她的臥室裡，還說那女孩早些時候說過她頭疼……對了，我覺得這不是真的；我認為喬希這樣說只是想找藉口。雷蒙走去撥電話到樓上露比的房間，但顯然沒有人接，因為他回來時神情非常緊張，情緒很不穩。喬希和他一起離去，她盡力安慰他，最後她代露比和他跳了舞。她真有毅力，誰都看得出她的腳踝疼得很厲害。跳完舞後她又回到我們這裡，設法安慰傑佛遜先生。當時他異常激動。我們最終說服他上床休息，對他說露比可能坐車出去兜風，車胎被刺破了。他憂心忡忡地上了床。今天早上他又開始焦慮不安。」她停了下來。「後來發生的事你們都知道了。」

「謝謝您，傑佛遜夫人。現在我想問問您，您認為這件事可能是誰幹的？」

她立刻回答：「不知道。恐怕我幫不上一點忙。」

他追問：「那女孩什麼都沒說過嗎？沒說過有人在吃醋？她害怕某個男人？或是她親近

的男人？」

阿提蕾．傑佛遜對每個問題都搖搖頭。

似乎她再也沒有更多事可以告訴他們。

主任提議他們先去見見小喬治．巴特利，然後再回頭找傑佛遜先生。梅崎上校表示同意，於是他們三人走了出去，傑佛遜夫人保證傑佛遜先生一醒就通知他們。

當身後的門關上以後，上校說：「一個好女人。」

「確實是一位非常好的女士。」哈珀主任說。

喬治．巴特利瘦骨嶙峋，喉結突出，辭不達意。他驚慌失措，所以很難說出一句鎮定的話。

「我說，這太可怕啦，是不是？像在星期日出版的報紙上讀到的新聞，讓人覺得不可能發生，你知道嗎？」

「巴特利先生，遺憾的是這件事確實發生了。」主任說。

「當然，當然，毫無疑問，但這件事真的很古怪。離這裡幾哩遠，在鄉下某棟房子裡，是不是？可怕的鄉下地方。在附近引起了一點騷動，是不是？」

梅崎上校開始一連串的逼問。

「巴特利先生，你和那個死了的女孩有多熟？」

喬治．巴特利一臉驚慌。

「哦，不，不，不，一點也不熟，先……先……先生。不，根本不熟，如果你明白我的意思。和她跳過一兩次舞，消磨時間，打打網球，就這些。」

「我想你是最後一個見到活著的她的人？」

「大概是，聽起來是不是很可怕？我是說，我看見她的時候她還好好的，沒一點事。」

「那是幾點鐘，巴特利先生？」

「哦，你知道，我從來不記時間……不太晚，如果你明白我的意思。」

「你和她跳了舞？」

「是的，實際上，哦，是，我和她跳了舞。但那是晚上早些時候。聽我說，就在她和那個跳舞的小子剛剛表演完畢之後。一定是十點，十點半，十一點，我不知道。」

「別管時間了。這個我們能確定。請告訴我們到底發生了什麼事。」

「嗯，你知道，我們開始跳舞……我跳得並不好。」

「你跳得怎樣並不重要，巴特利先生。」

喬治．巴特利驚慌地看著上校，結結巴巴地說：「不，哦，不，不，不，不，我想不重要。像我說的，我們跳舞，轉了又轉，我說著話，但露比沒怎麼反應，她還有點打哈欠。我說過我跳得不是特別好，所以女孩們，嗯，不太愛跟我跳，如果您明白我的意思。她說她頭疼，我知道何時該收場，所以我馬上說，那好吧。就這些。」

「你最後看見她是什麼樣的情況？」

「她正上樓去。」

「她有沒有說過要見什麼人？或者要乘車兜風？或者……或者，有約會？」上校使用通俗詞語有點吃力。

巴特利搖搖頭。

「她沒對我說。」他顯得有些沮喪。「只是把我打發走了。」

「她的表情怎麼樣？她看起來是不是焦躁不安，心不在焉，有心事？」

喬治．巴特利想想，然後搖搖頭。

「看起來好像有點無聊，我剛才說過她還打哈欠。別的沒什麼。」

梅崎上校說：「你做了些什麼，巴特利先生？」

「嗯？」

「露比．基恩離開你以後，你做了什麼？」

喬治．巴特利睜大眼睛看著他。

「讓我想想……我做了什麼？」

「我們正在等你的回答。」

「是，是，當然。回憶起來非常困難，是不是？讓我想想。如果我是進酒吧喝一杯大概不算奇怪。」

「你進酒吧喝酒了嗎？」

「沒錯，我的確喝了酒，不過不像是那個時候。你們知道，我好像出去過，出去透透氣。九月份了還這麼悶熱，到外面很舒服。沒錯，我想起來了，我在外面散了一會兒步，然後進來喝了一杯，之後又回到舞廳。沒什麼事好做。我注意到那個叫喬希的開始跳舞了。和那個網球先生。她已經休病假了，腳踝扭傷或者是什麼原因。」

「這說明你是午夜回來的。你是想說，你在外面逗留了一個多小時？」

「你知道，我喝了酒。我當時在……我在想事情。」

這句話比他剛才的任何陳述都中聽。

梅崎上校厲聲問：「你在想什麼？」

「哦，我不知道。想事情。」巴特利先生含糊地說。

「你有輛車，巴特利先生？」

「哦，是的，我有輛車。」

「當時車在哪裡，在飯店的停車場嗎？」

「不，在院子裡。你知道，當時我可能想出去兜風。」

「也許你真的出去兜風了？」

「沒，沒有，我發誓沒有。」

「你難道沒有帶基恩小姐出去兜風？」

「哦，原來如此。聽著，您是什麼意思？我沒有，我發誓我沒有。聽我說，是真的。」

「謝謝你，巴特利先生。我看目前沒什麼事了……目前。」

梅崎上校強調、重複「目前」這兩個字眼。

他們離開了，留下巴特利先生目送他們的背影，癡呆的臉上露出驚恐而滑稽可笑的表情。

「腦袋空空的小蠢驢，」梅崎上校說，「或者不是？」

哈珀主任搖搖頭。

「我們要走的路還很長。」他說。

06

夜班行李員和酒吧的男服務生都無能為力。那個夜班行李員記得午夜剛過時，他打過電話到基恩小姐的房間，可是無人接聽。他並未注意到巴特利先生進出飯店。由於夜色美好，有很多先生女士來來往往，而且走廊兩頭和大廳都有側門。他確信基恩小姐沒有走大門出去。假如她從她位於二樓的房間出來，旁邊就有一段樓梯，走廊的盡頭有扇門，通向外面的露台，她可以輕而易舉又不被察覺地從那裡溜出去。這扇門要等到跳舞結束後的凌晨兩點鐘才關。

酒吧男服務生記得前一晚巴特利先生來過，但不確定是什麼時間。他認為大約是午夜時分。他記得巴特利先生當時靠牆坐著，神情憂鬱。他不知道他在那裡待了多久。當時還有許多飯店外的客人進出酒吧。雖然他注意到了巴特利先生，但無論如何記不起是什麼時間。

§

他們剛走出酒吧，一個約莫九歲的小男孩迎了上來。他興奮地說：「嗨，你們是偵探嗎？我叫彼得・卡莫迪，為露比的事打電話向警察報警的傑佛遜先生是我爺爺。你們是從蘇格蘭警場來的嗎？我和你們說句話行嗎？」

梅崎上校正要敷衍一下，這時哈珀主任和藹可親地說：「沒關係，孩子，我猜你對這件事感興趣？」

「一點也沒錯。你喜歡看偵探小說嗎？我很喜歡。我都讀過，而且我還有桃樂絲・賽兒絲[2]、阿嘉莎・克莉絲蒂、狄克遜・卡爾[3]和H・C・貝利[4]的親筆簽名。報紙會登這起謀殺案嗎？」

「會登的。」哈珀主任嚴肅地說。

「嗯，下週我就要返校了。我要把知道有關她的一切都告訴他們，我真的和她很熟。」

2 桃樂絲・賽兒絲（Dorothy Leigh Sayers, 1893-1957），英國小說家，以創造彼得・溫西爵士為主角的推理小說聞名。

3 狄克遜・卡爾（John Dickson Carr, 1906-1977），美國小說家，被公認為是「密室推理之王」。

4 H・C・貝利（Henry Christopher Bailey, 1878-1961），英國五大推理小說家之一，四十歲之後才開始寫推理小說。

「你覺得她怎麼樣，嗯？」

彼得考慮了一會。

「唔，我不太喜歡她。我覺得她是個笨女生。媽媽和馬克姑丈也不怎麼喜歡她。只有爺爺喜歡她。對啦，爺爺想見你們，愛德華在找你們。」

哈珀主任輕聲鼓勵說：「這麼說，你媽媽和你姑丈都不太喜歡露比．基恩？為什麼呢？」

「哦，我不知道。她老愛插嘴。他們也不喜歡爺爺過分寵愛她。我想，」彼得高興地說，「她死了他們一定很高興。」

哈珀主任看著他，同時沉思著。他說：「你聽見他們，呃……這樣說的嗎？」

「嗯，不完全是。馬克姑丈說：『嗯，總之是種解脫』，媽媽說：『沒錯，但是太恐怖了』，馬克姑丈還說假裝悲傷沒有用。」

在場的幾位先生交換了一下眼色。這時一個臉部光潔、長得體面，穿著整齊藍色嗶嘰服的男人走了過來。

「對不起，先生們。我是傑佛遜先生的貼身男僕。他醒了，派我來找你們。他急著要見你們。」

他們又回到了康偉．傑佛遜的套房。客廳裡，阿提蕾．傑佛遜正在和一位身材高大、緊張不安的男人說話，後者神經質地在房間裡來回走動，接著突然轉身面向進來的人。

「哦，太好了。真高興你們來了。我的岳父一直要求見你們。他已經醒了。你們盡可能讓他冷靜，好嗎？他的身體不太好。這個打擊沒使他倒下真是個奇蹟。」

哈珀說：「沒想到他的身體這麼糟。」

「他自己也不知道。」馬克．加斯凱說，「他的心臟有問題。醫生曾警告過阿提蕾不能讓他太興奮或吃驚，這多少暗示我們，死亡隨時會發生。是不是，阿提蕾？」

傑佛遜夫人點點頭。她說：「他能保持這個樣子真讓人難以相信。」

梅崎面無表情地說：「謀殺可不是能讓人鎮定的事。我們會盡力小心的。」

他邊說邊審視著馬克．加斯凱。他不怎麼喜歡這個傢伙。一張魯莽、肆無忌憚、鷹一般的臉，是那種我行我素、討女人喜歡的男人。

不是我可以信任的那種人，梅崎上校暗忖。

肆無忌憚，這就是他的寫照。

是那種對什麼事都無所顧忌的傢伙……

§

在俯瞰大海的那間大臥室裡，康偉．傑佛遜靠窗坐在輪椅上。

任何人一走進他在的地方，就能感覺到這個男人的力量和磁性。讓他成為殘廢的傷痛，彷彿將他破碎身軀裡的活力變得更集中、更強烈。

他的頭型很好看，紅色的頭髮略微灰白。曬得黝黑的臉龐粗獷有力，眼睛藍得驚人。在他身上看不見虛弱病痛，臉上深深的紋路顯出的是飽經風霜，不是衰弱無力，這是一位絕不抱怨命運，反而接受並戰勝命運的男人。

「我很高興你們來了。」他敏銳地看著對方，對梅崎說：「你就是拉德福郡的警察局長？很好。你是哈珀主任？坐吧。你們身旁的桌上有香菸。」

他們謝過他後坐下。梅崎說：「傑佛遜先生，我聽說您很喜歡死了的那個女孩？」

一絲扭曲的笑意掠過那張滄桑的臉龐。

「是的，他們一定都告訴你們了！嗯，這不是祕密。我的家人對你們講了多少？」

他一邊問一邊飛快地掃視眾人。

答話的是梅崎。

「傑佛遜夫人只告訴我們說，那女孩的喋喋不休讓您覺得有趣，而且您似乎很寵她，此外別的什麼都沒有說。我們和加斯凱先生只說了幾句話。」

康偉・傑佛遜笑了。

「阿提蕾是個謹慎的孩子，上帝保佑她。馬克可能直言快語一些。梅崎，我想我最好把一些事實詳細告訴你們，這對你們了解我的態度很重要。首先，有必要追述我生命中的一大悲劇。八年前，在一次飛機失事中，我失去了妻子、兒子和女兒。從那以後我像是一個失去了一半生命的人，我這裡說的不是身體的殘疾！我是一個家庭觀念很強的人，我的兒媳婦和女婿對我一直很好，他們竭盡全力來替代我的骨肉。但是我意識到，特別是最近，他們畢竟有自己的生活。

「所以你們必須明白，實際上我是個孤獨的人。我喜歡年輕人，我和他們處得很愉快。有一兩次我曾想收養一個女孩或男孩。最近一個月，我和死去的這個女孩關係非常好。她徹底自然，非常天真。她經常談她的生活和經歷、童話劇、巡迴演出劇團、兒時和爸爸媽媽住在廉價的寓所……那和我知道的生活完全不同！她從不抱怨，從不感覺不幸，是個不做作、不抱怨且勤奮的孩子，她沒有被寵壞，非常迷人。她也許算不上淑女，但是，謝天謝地，也不粗俗，也不……套句難聽的形容，『假裝淑女』。

「我愈來愈喜歡露比。先生們，我決定正式收養她。她將通過法律成為我的女兒。我希望這些能說明我為什麼關心她，以及在聽到她無故失蹤後所採取的行動。」

一片沉默。隨後哈珀主任用不帶感情以便不會觸犯任何人的語氣問：「我可以問一下您女婿和兒媳對此事的態度嗎？」

傑佛遜立刻回答：「他們能說什麼？也許他們不太喜歡這個主意。這種事會引起偏見。

但是他們表現得非常好，是的，非常好。你知道，他們並不依賴我。我兒子法蘭克結婚時，我把我的財產分了一半給他。我的觀點是，不要讓你的孩子等到你死以後再繼承財產。他們是年輕的時候需要錢，而不是中年。同樣，當我女兒羅莎美堅持要和一個窮光蛋結婚時，我也給了她一大筆錢。她死後這筆錢轉給了她丈夫。所以，你們看，從金錢的角度來講，這件事就簡單了。」

「我明白了，傑佛遜先生。」哈珀主任說。

但他的語氣多少有點保留。康偉・傑佛遜立即察覺出來。

「難道您不同意嗎？」

「恕我冒昧，先生，但以我的經驗看，家人未必那麼明智。」

「我想您是對的，主任。但是請您切記，嚴格地說，加斯凱先生和傑佛遜夫人不是我的家人，他們和我沒有血緣關係。」

「當然，這有些不同。」主任承認。

一時，康偉・傑佛遜的眼睛閃閃發光。他說：「但這並不是說，他們就不認為我是個老傻瓜！一般人都會這麼想。但我不是傻瓜，我看人很準。只要施予教育並加以磨練，露比・基恩到哪裡都可以占有一席之地。」

梅崎說：「恐怕我們太魯莽和好打聽了，不過，弄清楚所有的事實非常重要。您準備培養這個女孩，就是說，在她身上投資……不過您還沒有這樣做吧？」

傑佛遜說：「我明白您是什麼意思……是否有人從這女孩的死亡受益？沒有。正式收養的法律程序正在辦理，但還沒有完成。」

梅崎緩慢地說：「那麼，如果您發生了任何意外……」

他話說到一半，留下疑問。康偉．傑佛遜馬上回答：「我不可能發生什麼意外！我是個瘸子，但不是個沒用的人。儘管醫生愛拉長臉勸告我不要太勞累。不要太勞累？我壯得像匹馬！不過，我很清楚生命是脆弱的，天啊，我太了解了！死亡會突然降臨到最健壯的人身上，特別是現在的公路交通事故。不過我已有所準備。十天前我立了一份新遺囑。」

「是嗎？」哈珀主任傾身向前。

「我為露比．基恩留下了五萬英鎊信託基金，直到她年滿二十五歲才能支取。」

哈珀主任睜大眼睛，梅崎上校的表情也一樣。哈珀以近乎敬畏的口氣說：「這是一大筆錢呢，傑佛遜先生。」

「目前是的。」

「而您把它留給一個剛認識幾個星期的女孩？」

傑佛遜先生炯炯有神的藍眼睛燃起了憤怒之火。

「同樣的事我還要重複多少遍？我沒有自己的親骨肉，沒有侄子或侄女，連遠房的表親都沒有！我本可以留給慈善機構。但我寧願把它留給一個人。」他笑了。「灰姑娘一夜之間變成了公主！一位仙父而不是仙母。有什麼不對呢？這是我的錢，我賺來的。」

梅崎上校問：「還有別的遺贈嗎？」

「給我的貼身男僕愛德華留了一小筆財產，剩下的平均分給馬克和阿提蕾。」

「哦，對不起，剩下的那筆錢，數目很可觀嗎？」

「可能不多。很難說出確實的數目，因為投資市場總在波動。除去遺產稅等開支，這筆錢大約淨剩五千至一萬英鎊。」

「我懂了。」

「你們不必認為我對他們很吝嗇。我說過，我的孩子結婚時我就分給了他們財產。實際上，我留給自己的很少。但是，在……在那場悲劇發生後，我想讓自己忙碌。我投入商界，在我倫敦寓所的臥室裡安裝一條直通我辦公室的私人專線。我拚命工作，這讓我不會胡思亂想，也使我覺得我的傷殘沒有擊倒我。我全心全意投入到工作中，」他的聲音變得低沉，像是對自己而非對其聽眾說話。「後來，真是微妙的嘲弄，我所運作的一切都成功了！我最冒險的投機成功了。如果我賭博，我就贏；我做什麼都賺錢。我想這大概是命運為恢復平衡所採取的嘲弄手段。」

滄桑的痕跡又一次鮮明刻在他的臉上。

他鎮定下來，望著他們苦笑。

「所以，你們知道，我留給露比的錢，有充分理由讓我照我自己的想法支配。」

梅崎馬上說：「毫無疑問，親愛的朋友，我們對此毫不懷疑。」

康偉・傑佛遜說：「很好。如果可以的話，現在該輪到我提問題了。我想聽聽這起恐怖事件的更多情況。我只知道她，那個小露比，遭人勒死在離這二十哩遠的一個房子。」

「沒錯，在戈辛頓莊。」

傑佛遜皺起眉。

「戈辛頓莊？那是……」

「班崔上校家。」

「班崔！亞瑟・班崔？我認識他啊。認識他和他的妻子！幾年以前在國外結識的。我沒想到他們住在這裡。哦，這……」

他停了下來。哈珀主任順勢說：「上個星期二，班崔上校在這家飯店裡用過餐。您沒看見他嗎？」

「星期二？星期二？沒有，我們回來得很晚。我們去了哈登黑德，在回來的路上吃了晚飯。」

梅崎說：「露比・基恩從未向您提起過班崔一家？」

傑佛遜搖搖頭。

「從來沒有，我不相信她認識他們，她不可能認識的。除了戲劇界的人，她誰也不認識。」他停下來，然後突然問：「班崔對這件事是怎麼說的？」

「他什麼都不知道。昨晚他參加了保守黨的會議。屍體是今天早上被發現的，他說他這輩子從沒見過這個女孩。」

傑佛遜點點頭。他說：「這事太奇怪啦。」

哈珀主任清清嗓子。他說：「先生，您看誰有可能做這樣的事呢？」

「天啊，但願我知道！」他額頭青筋暴露。「這件事簡直不可思議，無法想像！如果不是真發生的話，我簡直不敢相信！」

「她有沒有朋友，過去的朋友？有沒有男人在她周圍閒蕩，或者威脅她？」

「我可以肯定沒有。如果有，她早告訴我了。她從未有過一個固定的『男朋友』。這是她親口對我說的。」

哈珀主任心想：是喲，我相信這是她親口對你說的，但事實很難講！

康偉．傑佛遜繼續說：「如果她周圍真的有男人糾纏，喬希應該比誰都清楚。她幫不上忙嗎？」

「她說她無能為力。」

傑佛遜皺著眉說：「我不禁覺得這一定是瘋子幹的，手段殘忍，闖入民宅，整件事這麼不連貫、毫無道理可循。有那種男人，雖然外表正常，可是會誘騙女孩，有時候誘騙孩童，先拐後殺。我看是性犯罪。」

哈珀說：「哦，是的，有這樣的案例，但我們沒聽說過這附近有這種人。」

傑佛遜接著說：「我仔細想過和露比在一起的各種男人。這裡的客人和從外面來的、所有和她跳過舞的男人。他們看起來都不像壞人，都是普通人。她沒有任何特殊的朋友。」

哈珀主任的面部依然沒有表情，然而在他眼裡還有一絲揣測。康偉．傑佛遜並未察覺。他想，露比．基恩很可能有一位特殊的朋友，而康偉．傑佛遜不知道此事。

然而他什麼也沒有說。

警察局長詢問似地看了他一眼，然後起身說：「謝謝您，傑佛遜先生。我們目前需要的就這些。」

傑佛遜說：「你們會隨時讓我知道你們的進展吧？」

「會的，會的，我們會和您保持聯繫的。」

他們兩人走了出去。

康偉．傑佛遜靠在椅子上。

他垂下眼瞼，閉上了炯炯發光的藍眼睛。突然間他看起來像個非常疲倦的人。

一兩分鐘後，他的眼瞼眨動。只聽他喊到：「愛德華！」

貼身男僕即刻從隔壁的房間走了進來。

愛德華比任何人都了解他的主人。其他人，甚至傑佛遜先生最親近的人，只知道他的堅強，但愛德華知道他的軟弱。他見到過康偉．傑佛遜疲憊、沮喪、厭倦生活、瞬間被虛弱和孤獨擊倒的樣子。

「什麼事，先生？」

傑佛遜說：「趕快和亨利．克什林爵士聯繫。他在墨本阿巴斯，如果可能的話，請他今天趕到這裡，不要等到明天。告訴他我有急事要見他。」

07

在傑佛遜的房門外，哈珀主任說：「嘿，無論如何，我們已經找到一個動機。」

「嗯，」梅崎說，「五萬英鎊，是嗎？」

「是的，長官。還有為了更少數額起意的謀殺案。」

「是啊，但……」

梅崎上校的話還沒有說完，哈珀已經明白了他的意思。

「您認為這個案子不可能？嗯，按照目前的情況來看，我也覺得不可能。不過還是要查一查。」

「哦，那當然。」

哈珀又說：「如果像傑佛遜先生所說，加斯凱先生和傑佛遜夫人生活豐衣足食，而且承繼了一筆不錯的收入，那麼，他們不大可能策畫這麼一起凶殘的謀殺案。」

「那倒是。當然，我們必須調查他們的經濟情況。我不怎麼喜歡加斯凱的長相，看起來是個尖刻、肆無忌憚的傢伙，但是單憑這點還不足以把他假設為凶手。」

「哦，是的，長官。我看他們兩個誰也不可能是凶手。聽喬希之言，我看他們沒有下手的機會。從十點四十到午夜，他們兩個一直在打橋牌，所以不可能是他們下的手，我想有一個更符合情理的可能性。」

梅崎說：「露比・基恩的男朋友？」

「正是，長官。某個心懷不滿的小夥子，也許意志不太堅強。應該是她來這裡之前認識的人。如果他知道了這個收養計畫，他有可能決心破釜沉舟。當他知道自己就要失去她，眼看她就要去過一種完全不同的生活，他發狂了，氣昏了頭。昨晚他約她出來見面，為了這件事發生爭吵，在完全失去理智的情況下殺了她。」

「那她怎麼會在班崔家的藏書室呢？」

「我想這不是不可能的。比方說他們是駕他的車出來。等他恢復了理智，明白自己做了些什麼，那麼他的第一個想法就是如何處理屍體，假如他們當時正靠近一棟大房子的大門，他的想法是，如果屍體在這裡被發現，那麼追捕凶手的調查就會集中到這棟房子及其住戶，而他就可以逍遙法外了。那女孩身體很輕，他抱起來很容易。他的車裡有把鑿子。他撬開一扇窗，撲通一下把她放倒在爐前地毯上。因為那女孩是被勒死的，所以在車裡找不到敗露行跡的血漬或凌亂景象，明白我的意思了嗎，長官？」

「哦，我明白，哈珀，這個可能性非常大。但還要做一件事。Cherchez l'homme[5]。」

「什麼？哦，沒錯，長官。」

哈珀主任機智地稱讚上司開的玩笑，雖然梅崎上校那口流利的法語害他差點沒聽懂這幾個字的意思。

§

「哦，呃，我說，呃，能……我能和您說會兒話嗎？」

攔住他們兩人的是喬治・巴特利。梅崎上校本來就對巴特利先生不感興趣，此時又急於要知道史萊克調查那女孩房間的情況，以及詢問飯店女服務生的情形，因此他沒好氣地大聲說：「好吧，什麼事，什麼事？」

5 法語，意思是「找到那個男人」。

巴特利先生往後退了一兩步，嘴巴一張一闔，好像池塘裡的魚。

「這個，呃，可能不重要，你們知道嗎，我覺得應該告訴你們……我找不到我的車。」

「找不到你的車？你是什麼意思？」

巴特利先生結結巴巴，好不容易說清楚他的意思是：他的車不見了。

哈珀主任說：「你是說你的車被偷了？」

喬治．巴特利感激地轉向這位比較溫和的先生。

「是的，正是。我的意思是，這很難說，是不是？我是說，可能有人有急事開走了我的車，沒有任何惡意，如果您明白我的意思。」

「巴特利先生，你最後一次看見你的車是什麼時候？」

「這個，我剛才一直在想。有意思，怎麼記事情這麼難，是吧？」

梅崎上校冷冷地說：「不，對一個智力正常的人來講應該不難。我記得你剛才說過，昨晚車停放在飯店的院子裡……」

巴特利先生壯起膽子打斷了他的話。他說：「是這樣，是嗎……」

「你說『是嗎』是什麼意思？你說過在那兒的。」

「哦，我是說我以為在那兒。我是說，嗯，我沒有出去看。您明白嗎？」

梅崎上校嘆了口氣。他耐著性子說：「我們把這件事弄清楚。你最後看見你的車──確實看見你的車——是什麼時候？還有，是什麼牌子的車？」
「米諾安一四。」
「你最後看見它是什麼時候？」
喬治·巴特利的喉結猛然地上下抽動。
「我一直在想。昨天午飯前還在；下午想出去兜風，可是不知怎麼地，我又上床睡覺了，你們也知道這是怎麼回事。之後喝茶，然後打了會兒壁球，再後來去游泳。」
「當時那輛車在飯店的庭院裡嗎？」
「大概在。我是說，當時我把車停在那裡，想帶人出去兜兜風。我是說吃完晚飯後。但是昨晚我不走運，沒事可做，根本沒有開那輛老爺車出去。」
哈珀說：「但是，就你所知，那輛車當時還在庭院裡？」
「哦，當然啦。我是說，當時我把把它停在那裡，不是嗎？」
「如果車不在那裡，你會注意到嗎？」
巴特利先生搖搖頭。
「恐怕注意不到。來來去去的車很多。米諾安的車也很多。」
哈珀主任點點頭。他剛才隨便朝窗外望了一眼。當時停在庭院裡的米諾安一四型號車不少於八輛，這是當年流行的便宜車款。

「你有晚上把車開回車庫的習慣嗎？」梅崎上校問。

「我通常不費這個力氣。」巴特利先生說，「因為天氣好等等原因，你知道。把車停在車庫很麻煩。」

哈珀主任看著梅崎上校說：「長官，我一會兒在樓上見您。我去找希金斯警佐，讓他記下巴特利先生所講的細節。」

「好吧，哈珀。」

巴特利先生滿心期盼地小聲說：「我覺得應該讓你們知道。也許很重要，是不是？」

§

不知普雷斯先生給舞者提供的膳宿、伙食是如何，不過起碼看得出住宿條件是飯店裡最差的。

約瑟芬・特納和露比・基恩住的房間在一條狹窄幽暗的走廊盡頭。房間很小，面朝北，與飯店後面的一段峭壁相望。房間內零星的家具顯示出三十年前頭等套房的奢華，現在這家飯店已經現代化，臥室都有存放衣服的壁櫃，因此這些笨重的維多利亞式橡木和紅木衣櫥，就淪落到飯店工作人員住宿的房間，或者在旺季飯店客滿時供客人們使用。

梅崎一眼就看出露比·基恩的房間位置能使人輕鬆而不被察覺地離開飯店，要調查出她當天離開房間的情形實非易事。

走廊的盡頭有一小段樓梯，通向一樓一條同樣昏暗的走廊。這裡還有扇玻璃門，穿過它就到了飯店的側邊露台，從這個露台看不見風景，因此很少有人出入。從這裡可以一直走到正面的主露台，或沿著一條蜿蜒的小徑走到一條小路，這條小路最後和遠處峭壁邊的公路交會。這條路線路面很差，所以人跡罕至。

史萊克警官一直忙於詢問女服務生、檢查露比的房間以尋找線索。他很幸運，因為房間裡的一切和昨晚一模一樣，絲毫未動。

露比·基恩沒有早起的習慣。史萊克發現她通常要睡到大約十點或十點半，然後打電話要早餐。因此，由於康偉·傑佛遜一大早就找到經理，所以在女服務生進房間清理前，警方已經接管一切。她們實際上連那條走廊都沒去。淡季的緣故，這一層的其他房間每個星期只開門清掃一次。

「能做的都做了，」史萊克哭喪著臉說，「就是說，如果有可找的東西，我們一定能夠找到，但實在沒有什麼可找的。」

格倫郡的員警已經徹底搜集了房間裡的所有指紋，但是沒有任何問題。有露比的，喬希的，還有兩個女服務生的，一個上早班，一個上晚班。此外還有雷蒙·史塔的幾枚指紋，但那是發現露比沒有按時出場表演、他和喬希一道上樓找她時留下的。

角落紅木大書桌上的文件架上，堆放著一些信件和沒用的雜物。剛才史萊克一直在仔細挑選分類，但沒有發現任何有價值的線索。帳單、收據、劇院節目單、電影票存根、新聞剪報和從雜誌上撕下來的美容祕方。信件中有一些是一位叫「莉兒」寄來的，她顯然是露比在豪華舞廳的朋友。信中談的都是閒話瑣事，說她們「很想念露比。芬德森先生常常問起你！他很生氣！你離開了之後，瑞格開始和小梅交往。巴尼偶爾會問起你。這裡的情況和以往差不多。葛魯澤老頭對我們這些女孩子和從前一樣刻薄。他狠狠地罵了艾達一頓，因為她和一個男人來往密切。」

史萊克認真記下了所有被提到的名字。他要一一調查這些人，有可能會發現一些有價值的線索。梅崎上校同意這樣做；之後上來的哈珀主任也表示贊同。除此外，這房間根本提供不了什麼線索。

房間中央的椅子上搭著露比昨晚穿過的那件泡泡粉紅色禮服，地上胡亂扔著一雙粉紅色緞質高跟鞋和兩隻揉成一團的純絲長筒襪，其中一條抽了絲。梅崎想起那死去的女孩赤足。史萊克得知這是她的習慣。為了節省開支，她平常總在腿部上妝，只有在跳舞的某些時候才穿長筒襪。衣櫃的門是開著的，裡面有各式各樣俗麗的晚禮服，下面擺著一排鞋子。衣籃裡有些髒內衣，廢紙簍裡有指甲屑、用髒的面巾、沾有口紅和指甲油的化妝棉，事實上，沒有什麼特別的東西！一切都一目了然。露比．基恩曾跑上樓，換下衣服，又匆匆離去。她去了哪兒呢？

約瑟芬．特納有可能最了解露比的生活和朋友，可是她也無能為力。史萊克警官認為這也不奇怪。他說：「如果您所告訴我的是真的，長官……我的意思是有關這件收養的事，那麼喬希必定會鼓動露比和老朋友及有可能把這事搞砸的人斷交。我看這位傷殘的先生完全被露比．基恩的天真可愛迷住了。要是露比有個厲害的男朋友，老傢伙對這點可能不會太高興。所以露比必須隱瞞這件事。喬希畢竟對這女孩了解不多，諸如她的朋友等等。但有一點她不會同意：露比因為和某個討厭的傢伙交往而把這件事搞砸。由此推斷，露比（依我看，她是個狡猾的小妞）可能會瞞著她和以前的朋友來往。她不會讓喬希知道任何事，不然喬希就會說：『不，不行，小姐。』但是您也知道女孩子，特別是年輕女孩，就愛為硬脾氣的男人做傻事。露比想見他。他來了，為整件事大發雷霆，然後擰斷了她的脖子。」

「我想你是對的，史萊克。」梅崎上校說，他極力掩飾他厭惡史萊克那種令人不快的說話方式。「如果是這樣，那麼我們應該很容易查明這個厲害傢伙的身分。」

「您就交給我吧，長官。」史萊克和以往一樣信心十足地說，「我去豪華舞廳找那個『莉兒』，把她的一切都翻個徹底。我們很快就能查明真相。」

梅崎上校懷疑他們是否做得到。史萊克的精力和活躍總讓他感覺疲憊。

「長官，您從另一個人那裡可能會獲得一點情況。」史萊克繼續說，「就是那個舞者及網球選手。他常和她見面，會比喬希知道得更多。很有可能露比對他說了些什麼。」

「這一點我已經和哈珀主任討論過了。」

「好的，長官。我已經徹底查過女服務生了！她們什麼也不知道。就我所知，她們瞧不起她倆。對她們的服務馬馬虎虎。昨天晚上七點，女服務生最後在這裡整理床鋪、拉窗簾、略為收拾。隔壁有間浴室，您想看看嗎？」

浴室在露比和喬希那稍大點的房間的中間。燈亮著，梅崎上校暗地裡驚嘆女人可用的美容用品竟然如此之多。成排的面霜、潔面乳、遮斑膏、潤膚霜！一盒一盒不同顏色的各種粉底，一大堆擺放凌亂的唇膏，還有護髮油和增亮劑。睫毛增黑液、睫毛膏、藍色眼影，至少十二種不同顏色的指甲油，面紙、零零碎碎的化妝棉、用髒了的粉撲。大瓶小瓶的收縮水、化妝水、柔膚水等等。

「你的意思是說，」他無力地小聲說，「這些東西女人都用？」

向來無所不知的史萊克和藹地啟發他：「這麼說吧，長官。一位女士日常生活中主要使用兩種不同的色彩，一個在白天用，一個在晚上用。她們找到哪種適合自己，之後就固定使用它們。而這些專業的女孩則不得不經常變換。一個晚上她們表演的舞蹈是探戈，另一個晚上又是維多利亞式的舞蹈，再一個晚上又是阿帕希舞[6]，之後是一般的舞廳舞蹈，所以化妝當然也要跟著變。」

「天哪！」上校說，「難怪生產這些乳液和雜七雜八東西的人發了大財。」

「很容易賺錢，沒錯，」史萊克說，「賺得容易。當然要支出一點廣告費用。」

梅崎上校不再去想那亙久驚人的女人裝飾問題。他對剛上來的哈珀主任說：「那個跳舞的小夥子就交給你了，主任。」

「好的，長官。」

下樓時哈珀說：「長官，您對巴特利先生的話有什麼看法？」

「關於他的車？我看，哈珀，這個年輕人渴望別人注意。他說的話靠不住。不過如果他在昨晚和露比駕那輛車出去，你看怎麼樣呢？」

§

哈珀主任的態度不急不躁，令人愉快，而且毫不武斷。兩個郡的員警聯合辦案總是困難

6 阿帕希舞（Apache dance），一八八〇年代源自於巴黎下層社會的一種舞蹈，無特定舞步，類似探戈但較為激烈，後來式微，由舞步較和緩優雅的探戈取代。

重重。他喜歡梅崎上校，並且認為他是個稱職的警察局長，然而，他對此刻自己能單獨進行調查還是感到高興。哈珀主任的原則是，一次不要貪多，第一次只進行例行的詢問。這樣做會讓對方放鬆，並使他在下一次面談時對你不那麼存有戒心。

哈珀曾見過雷蒙．史塔。他長相英俊，個子高挺，靈活敏捷，深棕色的臉上露出雪白的牙齒。他皮膚黝黑，舉止優雅，待人親切友好，在飯店裡很受人歡迎。

「恐怕我幫不上什麼忙，主任。當然，我和露比很熟。她來這裡已經一個多月，我們常一起練習跳舞等等，可是真的沒多少可說。她是一個讓人愉快而且傻不愣登的女孩。」

「我們急於了解她的交友情況、她和男人間的往來。」

「我猜的果真沒錯。真的，我什麼也不知道！在飯店，她身邊是有些年輕人，但沒有特殊交情。她幾乎總是和傑佛遜一家在一起。」

「是的，傑佛遜一家。」哈珀沉思了片刻，然後敏銳地看了看眼前的年輕人。「這件事你有什麼看法，史塔先生？」

雷蒙．史塔冷靜地問：「什麼事？」

哈珀說：「你知道傑佛遜先生準備正式收養露比．基恩的事嗎？」

這對史塔來說似乎是條新聞。他噘起嘴吹了聲口哨。

「這個聰明的小鬼！哦，沒有比那老頭更傻的人了。」

「你這樣認為嗎？」

「唉，怎麼說呢？如果那老傢伙想收養一個女孩，為什麼不從自己的圈子裡選一個？」

「露比・基恩從來沒對你提過這件事？」

「沒有，她沒提過。我知道她暗地裡為某件事沾沾自喜，但我不知道是什麼事。」

「那麼喬希呢？」

「哦，我想喬希一定知道。也許這件事從頭到尾都是她策畫的，喬希不是傻瓜，這個女孩子有頭腦。」

哈珀點點頭，是喬希介紹露比・基恩認識傑佛遜的。毫無疑問，喬希鼓勵這種親密關係。難怪那天晚上露比沒到場跳舞而康偉・傑佛遜開始恐慌的時候她很生氣。她害怕她的計畫泡湯。

他問：「你想露比會保守祕密嗎？」

「很可能。她不怎麼談她的私事。」

「她有說過什麼嗎？任何事情？有關她的朋友，她以前認識的某個人要來這裡看她，或是她和誰有麻煩了。你應該明白我指的是什麼。」

「我完全明白。嗯，就我所知，沒有那種人，她從未提到過。」

「謝謝你，史塔先生。現在請你老實地向我確切描述昨晚發生的事，好嗎？」

「好的。露比和我一起跳了十點半的那場舞……」

「當時她看起來沒什麼不尋常的地方嗎？」

雷蒙想了想。

「沒有。我沒有注意後來發生的事，我要照顧自己的舞伴。我記得我注意到她不在舞廳，午夜時她還沒出現。我很生氣，於是去找喬希。喬希當時正和傑佛遜一家打橋牌。她根本不知道露比在哪裡，我覺得她有點慌亂。我注意到她急切地看了傑佛遜先生一眼。我說服樂隊演奏了另一支舞曲，並到辦公室，要他們打電話到露比的房間。沒有人接。於是我又去找喬希。她說露比可能在房間裡睡著了。這真是蠢話，那當然是針對傑佛遜一家人說的！她和我一起離開，並說我們上樓去看看。」

「好的，史塔先生。她和你獨處的時候說了什麼？」

「我只記得她看起來很生氣，還說：『該死的小傻瓜，她怎麼能這樣做？這會毀了她的前途。你知道她和誰在一起嗎？』」

「我說我一點也不知道。我最後看見她時，她正在和小巴特利跳舞。喬希說：『她不會和他在一起。她在搞什麼名堂？她是不是和那個拍電影的男人在一起？』」

哈珀主任機警地問：「拍電影的？他是誰？」

雷蒙說：「我不知道他的名字。他沒在這裡住過。一個相貌不凡的傢伙，一頭黑髮，看起來像演戲的。我想他和電影界有關，或者他對露比是這樣說的。他在這裡吃過一兩次飯，之後和露比跳過舞，但是我想她對他根本不了解。所以當喬希提到他時，我很吃驚。我說他今晚沒來。喬希說：『嗯，她一定是和誰出去了。我該怎樣向傑佛遜一家人交代呢？』我說這和傑佛遜一家有什麼關係？喬希說關係很大。她還說，如果露比把事情弄糟了，她永遠都不會原諒她的。

「這時我們已經到了露比的房間。她當然不在，但肯定回來過，因為她剛才穿的衣裙還在椅子上。喬希看過衣櫃後說，露比穿走那件舊的白色禮服。通常我們跳西班牙舞時，她會換上一件黑色天鵝絨舞衣。我當時非常生氣，心想露比竟讓我如此失望。喬希盡力安慰我，她說她替露比跳，這樣那個老普雷斯就不會找我們兩人的麻煩。於是她去換衣服，然後我們一起下樓跳了一曲探戈，舞姿誇張惹眼，但不會使她的腳踝太累。喬希很有毅力，因為看得出她感覺很疼。之後她又讓我幫她安撫傑佛遜一家，她說這很重要。當然，我盡力而為。」

哈珀主任點點頭。他說：「謝謝你，史塔先生。」

他暗地裡對自己說：「很重要，的確！五萬英鎊！」

他看著雷蒙．史塔離去的背影，後者步態優雅地走下露台的台階，途中拾起一袋網球和一支球拍。這時傑佛遜夫人手中也拿著球拍，和他一起向網球場走去。

「對不起，長官。」

席金斯警佐站在哈珀身邊，上氣不接下氣。

主任的思路突然被打斷，他吃了一驚。

「剛剛從總部傳給您的消息，長官。有工人報案說，今早看見像是起火的火焰。半小時前，他們在採石場發現一輛燒毀的汽車。維恩採石場，離這裡大約兩哩。車裡有一具燒焦的屍體。」

五官突出的哈珀頓時火冒三丈。他說：「格倫郡是怎麼啦？傳染上暴力啦？不要跟我說我們現在有起大案子了！」

他問：「他們弄清楚車號了嗎？」

「沒有，長官，但我們當然會透過引擎編號查出來。他們認為是一輛米諾安一四。」

／08

亨利．克什林爵士幾乎目不斜視地穿過尊皇飯店的大廳，他心事重重。下意識裡猜想一定有什麼事情正在發生。

亨利爵士上樓時心想，是什麼事會使他的朋友突然捎來緊急信函。康偉．傑佛遜不是會緊急召喚任何人的人，他想一定是發生了極不尋常的事。

見面後，傑佛遜並未拐彎抹角浪費時間。他說：「很高興你來了。愛德華，給亨利爵士倒杯酒。坐下吧，老兄。我想你什麼都還沒聽說吧？報紙還沒有刊登？」

亨利爵士搖搖頭，他開始好奇。

「怎麼回事？」

「謀殺案。我被牽連進去，還有你的朋友班崔一家。」

「亞瑟和桃莉．班崔？」克什林似乎不相信。

「是的，你知道，屍體是在他們家發現的。」

康偉．傑佛遜簡明扼要地把情況說了一遍。亨利爵士一言不發地聽著。他們兩人都善於把握事情的關鍵。亨利爵士擔任蘇格蘭警場局長時就以能迅速抓住重點而聞名。

聽完後他說：「這件事很不尋常。你認為班崔一家是怎麼介入的？」

「就是這個讓我擔心。亨利，我看可能是因為我認識他們，才使我和這個案子有關。這是我能找到的唯一關聯。我想他們兩個都沒有見過那女孩。他們也是這樣說的，而且我們沒理由不相信他們。他們根本不可能認識她。那有沒有可能她是在別的地方被誘騙，而後屍體被故意放到我的朋友家？」

克什林說：「我想這未免牽強。」

「這是可能的。」對方堅持說。

「是的，但是不可能發生。你想要我做什麼？」

康偉．傑佛遜痛苦地說：「我是個殘疾人士，我一直在試圖掩飾這一事實，拒絕面對它，但是現在它找上我。我不能按自己的意志行事，提問題，調查情況。我只能老老實實地待在這裡，等待好心的警察向我施捨點零零碎碎的消息。對了，你認識拉德福郡的警察局長梅崎嗎？」

「是的，我見過他。」

亨利爵士的腦海裡閃現出一個人。那是在他穿過大廳時注意到的一張臉和身影。一個背部直挺、面孔熟悉的老婦人。他想起和梅崎的上一次會面。

「你的意思是，讓我做一個業餘偵探？那不是我的專長。」他說。

傑佛遜說：「說得對，你不是業餘的。」

「也不再是職業的，我現在已經退休了。」

傑佛遜說：「那麼事情就更單純了。」

「你是說，如果我現在還在蘇格蘭警場就無法插手？完全正確。」

「事實上，」傑佛遜說，「憑你的經驗，你完全可以插手這個案子。歡迎你助我一臂之力。」

克什林緩緩地說：「我同意，這在人情世故上是允許的。不過你到底想做什麼，康偉？找出殺害那女孩的凶手？」

「正是如此。」

「你自己沒有一點頭緒？」

「沒有。」

亨利爵士徐徐說道：「你可能不相信我的話，不過現在樓下的大廳裡就坐著一位破案專家。在這方面她比我強，而且十之八九她可能知道內情。」

「你說什麼？」

「在樓下大廳靠左邊第三根柱子，坐著一位老太太，她有一張可愛溫和的老小姐面孔，和一個能探測人類邪惡祕密的頭腦，她把它視為生活的一部分。她叫瑪波小姐，來自聖瑪莉米德村，距離戈辛頓莊一哩半，她是班崔家的朋友，而且說起犯罪的事，她是最在行的。」

傑佛遜皺起濃眉，眼睛盯著他，厲聲說：「你在開玩笑。」

「沒有，我沒開玩笑。剛才你提到梅崎，我上一次看見梅崎時，那裡發生了一起悲劇。一個女孩據說是投河自盡。警方懷疑不是自殺，而是謀殺。警方的猜測完全正確，還認為他們知道是誰幹的。和我在一起的有老瑪波小姐，她慌亂不安地說恐怕警方抓錯了人。她雖然沒有證據，但她知道誰是凶手。她遞給我一張紙，上面寫了一個名字。老天爺作證，傑佛遜，她說對了！」

康偉．傑佛遜的眉毛皺得更緊了。他不相信地咕噥著：「我猜那只是女人的直覺。」他懷疑地說。

「不，她不這麼說。她稱之為專業知識。」

「這是什麼意思？」

「這個，你知道，傑佛遜，我們警察工作要用到它。如果發生了竊盜案，通常我們非常清楚是誰幹的，也就是說，我們了解那夥慣犯。我們了解某類竊盜犯的特殊行徑。瑪波小姐擁有一些非常有趣、儘管說來微不足道而且取自於鄉下生活的類似經驗。」

傑佛遜表示懷疑地說：「對一個在演藝圈長大、並且一生可能從未到過鄉下的女孩，她會知道些什麼呢？」

「我認為，」亨利．克什林爵士堅決地說，「她也許知道一些。」

§

亨利爵士出現在瑪波小姐面前時，她露出滿臉喜色。

「哦，亨利爵士，在這兒見到您真是三生有幸！」

亨利爵士殷勤地說：「見到您才是我的榮幸。」

瑪波小姐紅著臉小聲說：「您真是太客氣了。」

「您住在這裡？」

「哦，實際上是我們。」

「我們？」

「班崔夫人也在這裡。」她目光敏銳地看著他。「您聽說了嗎？是的，看得出來您已經知道了。太可怕了，是不是？」

「桃莉．班崔在這裡幹什麼？她丈夫也在嗎？」

「他不在。他們倆對這件事的反應非常不同。班崔上校真是個可憐的人，一旦發生類似的事，他就把自己關在書房裡，或到農場去。您知道，就像烏龜一樣把頭縮進去，希望沒人注意他。桃莉當然大不相同。」

「實際上，桃莉簡直快活極了，是不是？」亨利爵士說，他非常了解他的老朋友。

「這個，呃，是的。可憐的人兒。」

「她帶您一塊兒來這裡，是想讓您把帽子裡的兔子變出來吧？」

瑪波小姐鎮定自若地說：「桃莉認為換個環境對她有好處，而且她不想一個人來。」她看著他，眼裡發出柔和的光亮。「不過，您對她的描述很準確。但我根本幫不上什麼忙，這叫我很為難。」

「你沒有一點頭緒？鄉下沒有類似的事嗎？」

「我對這件事知道的還不多。」

「我想這個我可以補充。瑪波小姐，我想聽聽您的看法。」

他把事情的過程簡短敘述了一遍。瑪波小姐興致勃勃地聽著。

「可憐的傑佛遜先生，」她說，「多麼悲傷的故事。可怕的事故，留下他瘸腿活著，似乎比讓他死了更殘忍。」

「確實是。這也是為什麼他的朋友如此敬慕他的原因，他戰勝痛苦和殘疾的不屈不撓精神，著實讓人感動。」

「是啊，真了不起。」

「只有一件事讓我無法理解，那就是，他為什麼突然間對那女孩傾注了那麼多的心思。當然，她可能具有一些極為優秀的特質。」

「可能沒有。」瑪波小姐平靜地說。

「您這樣認為嗎？」

「我想她的特質和這沒有關係。」

亨利爵士說：「您知道，他可不是那種下流的老傢伙。」

「哦，不，不！」瑪波小姐的臉變得緋紅。「我不是那個意思。我想說的是——我知道我說得很糟——他只不過是在找一個聰明可愛的女孩，填補他死去女兒的位置，而這個女孩看到了自己的機會，為此她使出了渾身解數！我知道這聽起來很苛刻，可是這類事我見得太多了。比如說哈伯托先生家的那個年輕女傭。一個很普通的女孩，很安靜，懂禮貌。哈伯托先生的姐姐被叫去看護一個臨死的親屬，等她回來後，發現那女孩變得盛氣凌人，坐在客廳裡又說又笑，不戴帽子也不穿圍裙。哈伯托小姐嚴厲地說了她，那女孩極為無禮。後來，老哈伯托先生對她姐姐說，他認為她為他料理家務太久了，他要另做安排，簡直讓哈伯托小姐目瞪口呆。

「在鄉里出了如此的醜聞，可憐的哈伯托小姐不得不離開，她在伊斯特本住下，過得很不痛快。人們當然會說閒話，但我相信沒有發生任何不軌的事，只不過聽一個年輕活潑的女孩說他多麼聰明有趣，遠比聽他姐姐沒完沒了絮叨他的毛病，更令他愉快，儘管他姐姐是個理財高手。」

瑪波小姐停了一會兒後又說：「還有藥店的巴傑先生。為了一個在他店裡化妝用品專櫃工作的年輕小姐，惹出一堆風波。他對他太太說，他們必須待她如女兒一般，並讓她搬進來住。但巴傑太太的看法根本不同。」

亨利爵士說：「要是她和他屬同一個生活階層，是一個朋友的孩子……」

瑪波小姐打斷了他。

「哦，那樣他可不會得到滿足。這就像科菲圖國王和那個乞丐少女[7]。如果你真是個非常孤獨疲憊的老人，而且如果你自己的家人忽視了你，」她頓了頓。「那麼，善待一個完全被你折服的人（這樣說非常誇張，但我希望您明白我的意思），嗯，那樣不是有趣得多？它使你覺得自己很偉大，是一位仁慈的君主！受恩惠的人很可能頭暈目眩，而這當然讓你非常喜樂。」她停了停又說：「你知道，巴傑先生給他店裡的那個女孩買了一些確實很棒的禮物，一只鑽石手鐲和一台非常昂貴的收音電唱兩用機。這些東西花了他不少的積蓄。然而，巴傑太太比可憐的哈伯托小姐聰明得多（婚姻，當然起作用），她不厭其煩地打探出一些情況。當巴傑先生發現那女孩和賽馬場一個令人討厭的年輕人約會，並把手鐲當掉的錢給了那小夥子後，這件事就這樣無聲無息地過去了。接下來的耶誕節，巴傑送給他太太一個鑽戒。」

她那令人愉快、敏銳的目光和亨利爵士的目光相遇。他納悶她講這些是否有所暗示。他說：「您是不是說，如果露比．基恩的生活裡有位年輕人，我的朋友對她的態度就會改變？」

「有可能。我敢說一兩年後，他也許會親自為她籌辦婚事……儘管相反的可能性更大，男人通常都很自私。但是我可以肯定，如果露比．基恩有個男朋友，她會盡力隱瞞不讓別人知道。」

「那位年輕人也許因此很不高興？」

「我想這是最合理的解釋。您知道，她的表姐，今天上午去過戈辛頓的那名年輕女子，她看起來無疑對那女孩非常生氣。您告訴我的這些情況解釋了一切。毫無疑問，她渴望從中

7 非洲國王科菲圖（King Cophetua）原本對女性十分歧視，直到愛上乞丐少女，甚至要立她為王后，認為自己的愛凌駕一切財富與權力。

受益。」

「事實上，她是一個相當冷血的人？」

「也許這個評斷太嚴苛。這可憐的人兒不得不自己謀生，您不能期望她多愁善感，只因為一個富有的男人和女人——您是這樣描述加斯凱先生和傑佛遜夫人——將失去一大筆從道義上講根本不屬於他們的錢。我看特納小姐是個頭腦冷靜、野心勃勃的年輕女子，她脾氣好，非常懂得享受生活。有點像潔西．戈登，麵包師傅的女兒。」

「她怎麼啦？」亨利爵士問。

「她接受過家庭教師的訓練，嫁給了某家一個從印度回來休假的兒子。我想她是個很不錯的妻子。」

亨利爵士又回到前面的話題，他說：「您想是什麼使我的朋友康偉．傑佛遜突然產生了這種『科菲圖情結』，既然您這般比喻。」

「也許有原因。」

「什麼原因？」

瑪波小姐有點猶豫地說：「我想……當然這只是猜測，也許他的女婿和兒媳婦想再婚。」

「這點他不可能反對吧？」

「哦，不，不會反對。但是，您必須從他的角度來看這件事。他遭受過可怕的打擊和損失，他們也一樣。這三個喪失親人的人生活在一起，維繫他們的東西就是他們共同蒙受過的災難。我親愛的母親過去常說，時間是最好的良藥。加斯凱先生和傑佛遜夫人還年輕，不知不覺會開始坐立不安，他們討厭那道把他們和過去的悲傷繫在一起的枷鎖。傑佛遜老先生感覺到他們這種變化，他突然無緣故地渴望慰藉。男人通常很容易覺得被人忽視。在哈伯托先生家是哈伯托小姐離去；在巴傑家，巴傑太太迷上招魂術，總是出去參加降靈大會。」

「我必須說，」亨利爵士懊悔地說，「我不喜歡您把我們所有的人都歸為同一類。」

瑪波小姐悲傷地搖搖頭。

「亨利爵士，無論在什麼地方，人性都相差無幾。」

亨利爵士厭惡地說：「哈伯托先生！巴傑先生！還有可憐的康偉！我不想干涉別人的私事，不過你們鄉下有沒有和我這樣卑微的人相類似呢？」

「哦，當然有，布里格先生。」

「誰是布里格？」

「他是老屋的一級園丁，是他們雇用過最好的人。助理園丁什麼時候偷懶他都清清楚楚……這些人真是不夠狡猾！他手下只有三個男丁和一個小男孩，但那個地方比以前有六個人的時候管理得還好。他栽種的香豌豆多次獲得首獎。他現在退休了。」

「像我一樣。」亨利爵士說。

「但是他還做點臨時工，假如找他幫忙的是他喜歡的人。」

「啊，」亨利爵士說，「又像我，正是我目前做的，臨時工，幫一位老朋友。」

「兩位老朋友。」

「兩位？」亨利爵士看起來有點迷惑不解。

瑪波小姐說：「我想您指的是傑佛遜先生。不過我指的不是他，我指的是班崔上校和夫人。」

「哦，哦，我明白了，」他機警地問，「所以我們開始談話時，您說桃莉·班崔是『可憐的人兒』？」

「是的。她還沒有意識到嚴重性。我之所以知道，是因為我有較多的經驗。你知道，亨利爵士，依我看，這起罪案很有可能永遠無法破解。就像布萊頓的卡車謀殺案。要是發生這種事，那班崔一家就慘了。班崔上校和一般的退役軍人一樣，異常敏感。對公眾的輿論極為重視。有段時間他可能感覺不到，但不久他就會明白一切。這兒一點怠慢，那兒一點冷落，邀請被拒絕，編造藉口爽約，然後等他慢慢明白了，他就會退縮回自己的世界，心理變得很不健康，生活悲慘。」

「瑪波小姐，您聽聽看我是否確實理解了您的意思。您是說，因為屍體是在他家裡發現的，人們就會認為他和這件事情有關？」

「當然會！我相信他們現在就在到處說。他們還會愈說愈起勁。大家會冷落班崔一家，會迴避他們。這就是為什麼我們必須查明真相，而且為什麼我會和班崔夫人一起來這裡的原因。公開譴責是另一回事，對一個士兵來說這很容易對付。他憤慨，他有機會戰鬥。而這種流言蜚語會擊垮他，會擊垮他們兩個。所以我們必須查明真相。」

亨利爵士說：「您知不知道為什麼屍體在他家裡？一定有某種解釋，某種關聯。」

「哦，當然。」

「人們最後在這裡看見那女孩的時間大約是十點四十分。根據驗屍報告，午夜時她已經死了。戈辛頓離這裡大約十八哩。其中十六哩的路面很好走，直到轉離公路。馬力大的車用不了半小時就可以跑完這段路程。事實上，所有的車都可以用三十五分鐘跑完。但我不明白為什麼有人要在這裡殺死她，然後把屍體運到戈辛頓，或先把她帶到戈辛頓，然後在那兒勒死她。」

「您當然不明白，因為經過本來就不是這樣。」

「您是說，那個開車帶她出去的傢伙在勒死她之後，決定把屍體扔進附近最方便可行的屋子裡？」

「我不這麼認為。我認為這裡面有一個周密的計畫，而計畫出現了偏差。」

亨利爵士目不轉睛地看著她。

「為什麼那個計畫出了偏差？」

瑪波小姐非常抱歉地說：「經常會有這樣的怪事發生，不是嗎？如果我說這個計畫的差錯，是因為人類比想像中更加脆弱和敏感，您不會相信吧？不過我相信情況就是這樣，而且……」

她停了下來。

「班崔夫人來了。」

09

和班崔太太一起來的還有阿提蕾．傑佛遜。班崔太太走向亨利爵士，她喊道：「是你？」

「沒錯，是我。」他和善地握住她的雙手。「B太太，對於這一切，我難過得無以言喻。」

班崔太太硬邦邦地說：「不要叫我B太太！」然後繼續說：「亞瑟沒有來。他把整件事看得太嚴重了。瑪波小姐和我來這裡做點調查。你認識傑佛遜夫人嗎？」

「當然認識。」

他們握完手後，阿提蕾．傑佛遜說：「您去看過我公公了嗎？」

「是的，去過了。」

「太好了。我們都替他擔心。這件事對他打擊太大。」

班崔太太說：「我們去露台上邊喝邊談。」

他們四個人走到露台的盡頭，馬克．加斯凱正獨自一人坐在那兒。

他們隨便交談了幾句，等飲料一到，向來直率的班崔太太便直接切入主題。

「我們可以開始談了吧？」她說，「我的意思是，我們都是老朋友……除了瑪波小姐，而她對犯罪無所不知。還有，她願意幫忙。」

馬克．加斯凱有些迷惑地望著瑪波小姐。他一臉懷疑地說：「您，呃，寫偵探小說嗎？」

他曉得寫偵探小說的人都很不按牌理出牌。身穿過時老小姐服飾的瑪波小姐看起來尤其相似。

「哦，不，我還沒有那個本事。」

「她非常了不起。」班崔太太不耐煩地說，「現在我不能解釋，不過她確實了不起。好了，阿提蕾，我想知道一切。這女孩到底是個什麼樣的人？」

「嗯，」阿提蕾．傑佛遜停頓了一下，她看了看馬克，然後略帶笑意地說，「你真是直截了當。」

「你喜歡她嗎？」

「不，當然不喜歡。」

「她到底是什麼樣子？」班崔太太轉而又問馬克．加斯凱。

馬克謹慎地說：「一個平凡的騙財狐狸精。她對自己的那一套很在行，把傑夫拴得牢牢的。」

他們兩人都稱傑佛遜為傑夫。

亨利爵士不滿地看著馬克，心想：不謹慎的傢伙，不應該這樣直言不諱。

他一直都對馬克．加斯凱存有一絲不滿。這個男人有魅力，但是不可靠，話太多，有時候愛自誇，亨利爵士認為不能太相信他。不知康偉．傑佛遜是否也有同樣的感覺。

「難道你們就不能做點什麼？」班崔太太追問。

馬克冷冷地說：「如果我們來得及想到就能了。」

他看了阿提蕾一眼，阿提蕾泛起紅暈。他的那一瞥帶有責備的意味。

她說：「馬克認為我早應該料到這件事。」

「阿提蕾，你讓老先生獨處的時間太多了。老跑去上網球課什麼的。」

「唉，我必須做些運動。」她歉然說道，「無論怎樣，我作夢也不會想到……」

「不會，」馬克說，「我們兩個誰都想不到。傑夫一直是個頭腦冷靜、明智的人。」

瑪波小姐開口了。

「男人，」她用那種老處女的口吻提及男性，彷彿他們是一種野生動物。「經常不如表面上那麼冷靜。」

「您說得對。」馬克說，「不幸的是，瑪波小姐，我們沒有意識到這一點。我們不知道老先生是怎麼看待那些枯燥無味、俗氣的小把戲，但有人讓他高興、感興趣，我們也樂意。我們以為她不會妨礙誰。不會妨礙誰！但願我擰斷了她的脖子！」

「馬克，」阿提蕾說，「你實在應該注意你的言詞。」

他朝她迷人地露齒一笑。

「我想我是應該注意。不然人們會認為我真的擰斷了她的脖子。唉，我想反正我已經受到懷疑了。如果有人對那女孩的死感到高興的話，那就是阿提蕾和我。」

「馬克，」傑佛遜夫人半嗔半笑地喊了起來。「你真的不能這樣！」

「好吧，好吧。」馬克和解似的說，「但是我真的想說出自己的想法。我們可敬的老岳父決定把五萬英鎊投到這個膚淺、愚蠢、狡猾的小貓身上。」

「馬克，你不能這樣說，她已經死了。」

「是的，她死了，可憐的小東西。話說回來，她為什麼不能用老天爺賦予她的武器呢？我有什麼資格去評價別人？我自己的一生中就幹過不少令人討厭的事。這樣說吧，露比有權預謀策畫，是我們自己太傻，沒有及早看穿她的把戲。」

亨利爵士說：「當康偉告訴你他打算收養這個女孩時，你說了什麼？」

馬克伸出雙手。

「我們能說什麼？阿提蕾就像個小婦人，自制力極強，在這件事上表現得很勇敢。我決心以她為榜樣。」

「要是我就會大吵大鬧！」班崔太太說。

「唉，說實話，我們也沒有權利大吵大鬧。錢是傑夫的。我們不是他的親骨肉。他對我們一直都非常好，所以我們除了咬咬牙，別無辦法。」接著他又謹慎地加上一句：「但是我們不喜歡小露比。」

阿提蕾．傑佛遜說：「如果她是另一類的女孩就好了。你們知道，傑夫有兩個教子。如果是其中的任何一個，那麼我們也能夠理解。」她又有點哀怨地加上一句：「傑夫非常喜歡彼得。」

「當然。」班崔太太說，「我知道彼得是你第一任丈夫的孩子，但是我幾乎忘記了，總把他看成是傑佛遜先生的孫子。」

「我也是。」阿提蕾說。

瑪波小姐在椅子裡轉了一下身，阿提蕾聲音裡的某種口氣引起了她的注意。

「都是喬希的錯，」馬克說，「是喬希帶她來的。」

阿提蕾說：「哦，不過你應該知道她不是故意的，是吧？唉，你一直很喜歡喬希。」

「是的，我確實喜歡她。我覺得她很討人喜歡。」

「她把那女孩弄來純屬偶然。」

「你知道，喬希是個非常有頭腦的人。」

「沒錯，不過她無法預料……」

馬克說：「是的，她無法預料，我承認這點。我並沒有指控她策畫了這一切。不過我敢肯定，她早在我們之前就看出了苗頭，而她對此一直保持沉默。」

阿提蕾嘆了口氣說：「我想這件事誰也不能怪她。」

馬克說：「哦，我們什麼事都怪不上任何人！」

班崔太太問：「露比．基恩很漂亮嗎？」

馬克盯著她。

「我以為你已經見過……」

班崔太太立即說：「哦，是的，我見過她，她的屍體。可是你知道，她是被勒死的，無法看清……」她顫慄起來。

馬克邊想邊說：「我認為她一點也不漂亮。如果不化妝八成不行。一張乾瘦的臉，沒什麼下巴，牙齒高高低低，鼻子平凡無奇……」

「聽起來很不討人喜歡。」班崔太太說。

「哦，不，不會的。我說過，化了妝後，她看起來滿不錯的。你說呢，阿提蕾？」

「是的，挺迷人的，白白嫩嫩的，她的藍眼睛很漂亮。」

「沒錯，孩子般的天真眼神，她的睫毛塗得濃黑，使她的藍眼睛很突出。當然，她的頭髮漂染過。真的，我想想，她的髮色……總之，是人工的顏色，偽裝得有點像羅莎美，你們知道，她是我的妻子。我敢說就是這一點吸引了老先生。」他嘆了口氣。「唉，這是一件不愉快的事。糟糕的是，阿提蕾和我對她的死真的感到高興。」

他壓住了阿提蕾的抗議。

「阿提蕾，不用這樣，我知道你是怎麼想的。我的感覺和你一樣，而我不想假裝！但是同時，我真的非常擔心傑夫，如果你明白我的意思。這件事對他的打擊很大，我不敢……」

他停下來，眼睛盯著大廳通往露台的門。

「哎呀，哎呀，看誰來了。阿提蕾，你真是個肆無忌憚的女人。」

傑佛遜夫人回過頭，叫了一聲，然後站起來，臉上泛起紅暈。她沿著露台快步朝一位高個子的中年男人走去，那人有張瘦而黝黑的臉，正猶豫不決地向四周張望。

班崔太太說：「那不是雨果・麥克林嗎？」

馬克・加斯凱說：「正是雨果・麥克林。別名威廉・多賓。」

班崔太太小聲說：「他很忠實，是不是？」

「像狗一樣忠實。」馬克說，「阿提蕾只需要吹聲口哨，雨果就會從世界任何一個角落奔來。他希望有一天她會嫁給他。我敢說她會的。」

瑪波小姐愉快地看著他們的背影。她說：「我懂了。浪漫的戀情？」

「屬於善良傳統的那類，」馬克向她保證說，「已經好幾年了，阿提蕾是那種女人。」

他想想又補充道：「我猜今天早上阿提蕾給他打了電話。她沒有告訴我。」

愛德華沿著露台一步步走來，在馬克身邊停下。

「對不起，先生，傑佛遜先生想見您。」

「我馬上就來。」

馬克從椅子上跳起，朝眾人點點頭，說了聲「回頭見」便離去了。

亨利爵士傾身斜向瑪波小姐。他說：「您看誰是這起犯罪的主要受益人？」

瑪波小姐若有所思地看著站在一邊和老朋友說話的阿提蕾說：「你知道，我認為她是個非常盡心盡力的母親。」

「哦，她是的。」班崔太太說，「她的心思都放在彼得身上。」

「她是那種誰都喜歡的女人，」瑪波小姐說，「那種可以一而再、再而三結婚的女人。我不是指那種專討男人喜歡的女人，那完全不同。」

「我明白你的意思。」亨利爵士說。

「你們兩人的意思是，」班崔太太說，「她是一個好聽眾。」

亨利爵士笑了。他說：「那麼馬克·加斯凱呢？」

「啊，」瑪波小姐說，「他是個狡猾的傢伙。」

「請問你們鄉下可有類似的人？」

「卡吉爾先生，那個建築工人。他哄騙很多人為房子做些他們從未想到的整修工程，因為他藉此收取高額費用！但是他總能合理地解釋他的收費理由。一個狡猾的傢伙，他和錢結了婚。依我看，加斯凱先生也一樣。」

「您不喜歡他。」

「不，我喜歡他。大多數女人都會喜歡他。不過他騙不了我。我認為他是一個很有吸引力的人，但是，他話太多，這一點不太明智。」

「不明智這個用詞太恰當了。」亨利爵士說，「馬克不注意的話會惹麻煩的。」

一個身穿白色法蘭絨裝的高個黑皮膚年輕人，走出通向露台的台階，他停住腳，看著阿提蕾·傑佛遜和雨果·麥克林。

「而那一位，」亨利爵士熱切地說，「我們可以稱他為相關的當事人X。他是個職業網球選手和舞蹈家，雷蒙·史塔，露比·基恩的搭檔。」

瑪波小姐感興趣地看著他說：「他長得很帥，是不是？」

「大概是吧。」

「別那麼可笑，亨利爵士。」班崔太太說，「什麼大概是吧，他就是帥。」

瑪波小姐小聲說：「我想傑佛遜夫人說過，她一直在上網球課。」

「珍，你這樣說有什麼特別含義嗎，或者沒有？」

瑪波小姐還沒來得及回答這個直率的問題，小彼得．卡莫迪已經從露台走了過來。他開口對亨利爵士說：「嘿，你也是偵探嗎？我見過你和那位主任談話，那個胖子是個刑事主任，是不是？」

「正是，我的孩子。」

「有人告訴我說，你是從倫敦來的，是一個非常了不起的偵探。蘇格蘭警場的局長或什麼的。」

「書裡的警察局長通常是沒一點用的笨蛋，不是嗎？」

「哦，不，現在不同了，現在不流行取笑警察。你知道凶手是誰嗎？」

「恐怕還不知道。」

「彼得，你覺得這件事很有趣是嗎？」班崔太太問。

「哦，是啊，非常有趣。給生活帶來一點變化，不是嗎？我一直在到處搜索，看能否找到任何線索，可惜運氣不佳。不過我有一個紀念品。你們想看看嗎？奇怪，媽媽要我把它扔掉。我確實認為做父母的有時候太苛刻了。」

他從口袋裡掏出一個小火柴盒。推開後，他向大家展示他的寶貝。

「看，一片指甲。她的指甲！我準備把它命名為『受害女人的指甲』，並帶回學校。你們不認為這是一個很好的紀念品嗎？」

「你從哪裡弄來的？」瑪波小姐問。

「哦，這真是有點幸運，因為我當時不知道她會被人謀殺。這件事發生在昨天晚飯前。露比的指甲勾住了喬希的披肩，扯破了披肩。媽媽替她把指甲剪掉，然後交給我，要我把它扔進廢紙簍，我本來是想這麼做的，卻把它放進了口袋。今天早上我想了起來，於是看它是否還在口袋裡，結果還在。所以現在我把它留下來做紀念。」

「噁心。」班崔太太說。

彼得禮貌地說：「哦，你這樣認為嗎？」

「還有別的紀念品嗎？」亨利爵士問。

「嗯，我不知道，也許有吧。」

「說明白點，年輕人。」

彼得若有所思地看著他，然後拿出一個信封，從信封裡他又抽出一條褐色的東西。

「這是喬治・巴特利那小子的一截鞋帶。」他解釋道，「今天早上我看見他的鞋放在門外，就弄了點以防萬一。」

「萬一什麼？」

「萬一他是那個凶手啊。他是最後看見她的人，你知道，這很令人懷疑。現在該吃晚飯了吧？我餓壞了。下午茶和晚飯相隔的時間總是那麼長。喂，那是雨果叔叔嗎？我不知道媽媽叫他來了。我猜是她叫他來的。她碰到難辦的事情總是這樣……喬希來了。嗨，喬希！」

約瑟芬．特納沿著露台走來，她停了下來，看見班崔太太和瑪波小姐在場，她好像非常吃驚。

班崔太太歡快地說：「你好，特納小姐。我們來這裡探聽點消息！」

喬希不好意思地朝周圍看看。她壓低嗓音說：「這事糟透了，還沒人知道。我的意思是，還沒上報。我想到時大概人人都會問我，這太難堪了。我不知道自己該說什麼。」

她渴望地看著瑪波小姐。瑪波小姐說：「是啊，恐怕你的處境很困難。」

喬希感激她的同情。

「普雷斯先生對我說不要談這件事。這說起來容易，但是無疑每個人都會問我，而我又不能得罪人，是不是？普雷斯先生說他希望我能像往常一樣，這件事使他不太高興，我當然想盡力而為。但我真不明白為什麼要把這件事全歸罪於我。」

亨利爵士說：「特納小姐，您不介意我向你提一個直率的問題吧？」

「哦，請隨便問吧。」喬希說這話時有點言不由衷。

「您和傑佛遜夫人、加斯凱先生之間，曾因這一切產生任何不愉快嗎？」

「您的意思是，關於這起謀殺？」

「不，我指的不是謀殺。」

喬希站在那裡，手指扭在一起。她悶悶不樂地說：「唉，有也沒有，如果您明白我的意思。他們倆誰也沒說什麼，但我覺得他們怪罪於我，我是指，傑佛遜先生喜歡露比這件事。這不是我的錯，對不對？這樣的事時常發生，我作夢也沒想到會發生這樣的事，一點也沒想到，我非常吃驚。」

她的話讓人覺得確實發自內心。

亨利爵士和藹地說：「我相信這點。可是一旦發生了這樣的事呢？」

喬希仰起頭來。

「嗯，這是運氣，不是嗎？每個人都有權享有一點運氣。」

她略帶質問的看看每一個人，然後穿過露台，走回飯店內。

彼得斷定地說：「我想不是她。」

瑪波小姐喃喃道：「那片指甲很有意思。你知道，有件事一直困擾著我：怎麼解釋她的指甲。」

「指甲？」亨利爵士問。

班崔太太解釋說：「死了的那個女孩的指甲非常短，現在珍這麼一提起，的確讓人覺得不對勁。像她那樣的女孩，毫無疑問都留著著長指甲。」

瑪波小姐說：「不過如果她撕裂了一片，當然她可能會把其餘的指甲剪齊。他們在她的房間裡發現指甲屑了嗎？」

亨利爵士好奇地看著她說：「等哈珀主任回來後我問問他。」

「從哪裡回來？」班崔太太問，「他沒去戈辛頓嗎？」

亨利爵士嚴肅地說：「沒去。又發生了一場悲劇。採石場有一輛燒毀的汽車……」

瑪波小姐屏住氣。

「車裡有人嗎？」

「好像有。」

瑪波小姐邊想邊說：「我想是那個失蹤的女童軍，佩欣絲……不對，是潘蜜拉．里福斯。」

亨利爵士盯著她。

「瑪波小姐，您為什麼這樣想？」

瑪波小姐的臉變得緋紅。

「是這樣的，電台播出這個女孩從家裡失蹤了，昨天晚上失蹤的。她家在戴恩雷谷，離這兒不太遠。人們最後看見她是在戴恩伯里丘陵舉行的女童軍集會上。那其實很近。實際上，回家的路上她必須經過戴恩茅斯。所以這一切都很吻合，對吧？我的意思是，可能她看到或聽到不該看或聽的事情。如果是這樣，她當然會被凶手視為危險人物而除掉了。這兩件事之間一定有關聯，您不認為嗎？」

亨利爵士壓低聲音說：「您認為是，第二起謀殺？」

「有何不可呢？」她平靜地看著他。「當一個人犯下一次殺人的勾當，他還會犯下第二次，不是嗎？甚至第三次。」

「第三次？您不會認為還有第三起謀殺吧？」

「我認為這很有可能……是的，我認為可能性極大。」

「瑪波小姐，」亨利爵士說，「您讓我感到害怕。您知道誰會被謀殺呢？」

瑪波小姐說：「我很清楚。」

10

哈珀主任站在那裡看著那堆被燒得變了形的金屬。燒毀的汽車總讓人作嘔，更何況還多了一具燒焦的可怕屍體。維恩採石場位置偏僻，遠離住宅區。雖然採石場離戴恩茅斯的直線距離實際上只有兩哩，但通往它的唯一一條路只比馬車道稍寬一點，狹窄蜿蜒，崎嶇不平。這個採石場已廢棄很久了，順這條小道來的只有那些偶爾來尋找黑莓的人。這個地方是處理汽車非常理想的場所。若非一個名叫艾伯特．畢格斯的工人上班途中碰巧看到天空中的火光，恐怕這輛車幾個星期也不會被人發現。

艾伯特．畢格斯還在現場。雖然他該說的話已在不久前說過了，但他還是大肆渲染地不斷重複那段驚心動魄的故事。

「哎喲，這是怎麼回事？我的天啊，那到底是什麼？火光沖天哪。一開始我想可能是營火，可是誰會在維恩採石場升起營火？不對，我說，這一定是場大火。那到底是什麼呢？那個方向沒有住宅和農場啊。就在維恩那邊，就在那兒，沒錯。當時我不知道該做什麼，這時葛雷格警員正好騎車過來，我就告訴他這件事。這時火焰已經全沒了，不過我能說出是在哪個方向。就在那個方向，我說，火光沖天啊。我說可能是乾草，很可能是某個流浪漢縱火燒的。我怎麼也想不到會是輛車，更想不到會有人被活活燒死在裡面。一場大悲劇，這一點毫無疑問。」

格倫郡的員警一直忙碌著。照相機的卡嗒聲不斷，焦屍的位置被仔細地記下，之後法醫開始調查。

法醫拍掉手上的黑灰向哈珀走來，雙唇緊閉。

「燒得很徹底。」他說，「只剩下一隻腳和一隻鞋的殘骸。目前我個人還無法斷定屍體是男是女，但我想我們能夠從骨骼得到一點線索。不過那隻鞋是黑色綁鞋帶的那種，女學生穿的。」

「鄰郡有一個女學生失蹤了，」哈珀說，「離這裡很近。十六歲左右的女孩。」

「那麼可能是她。」法醫說，「可憐的孩子。」

哈珀不安地說：「她還活著嗎？當……」

「不，不，我不認為，沒有試圖逃出的跡象。屍體就倒在車座上，一隻腳伸著。我看她是死後被放在那裡，然後再放火燒車以圖湮滅證據。」他停了下來，問：「還有問題嗎？」

「我想沒了，謝謝。」

「好吧，那我走了。」

法醫朝他的車走去。哈珀則走到正忙碌著的一個警佐身旁，此人是車案專家。

警佐抬起頭。

「案情很清楚，長官。車上澆了汽油，車子被燒得精光。那邊的樹籬裡有三個空罐。」

不遠處另一個人正在仔細整理從殘骸裡搜尋出來的小東西。一隻燒焦的黑皮鞋和一些燒焦變黑的殘塊。看見哈珀走近，他抬起頭說：「長官，看這個，這似乎是個關鍵。」

哈珀用手接過那個小東西。他說：「女童軍制服上的鈕釦？」

「是的，長官。」

「嗯，」哈珀說，「好像能解決問題了。」

哈珀為人正直善良，他感覺有些噁心。先是露比．基恩，然後是這個孩子，潘蜜拉．里福斯。

他又問自己同一個問題：「格倫郡是怎麼啦？」

下一步他首先撥電話給自己的警察局長，然後又和梅崎上校取得了聯繫。潘蜜拉．里福斯是在拉德福郡失蹤的，而屍體卻在格倫郡發現。

再下一件事並非好差事。那就是他必須通知潘蜜拉．里福斯的父母……

§

哈珀主任按響了大門門鈴，仔細地打量布雷塞德的正面。

一個整潔的小別墅，大約占一英畝半的漂亮花園。近二十年中，這種住宅在鄉下隨處可見。屋主都是退伍軍人、退休的公務員等等，都是正直良善的人，最大的缺點就是有點呆板沉悶。他們在孩子的教育上傾其所有，誰也不會把他們和淒慘悲劇聯繫在一起。而現在悲劇卻找上門了。他嘆了口氣。

他馬上被領進了客廳，屋裡有位蓄著白色鬍鬚、表情嚴肅的男人，一位雙眼哭得紅腫的女人，看見他後，兩人立刻站了起來。里福斯夫人急切地問：「您有潘蜜拉的消息了？」隨後她縮了回去，主任憐憫的目光彷彿是個打擊。

哈珀說：「恐怕你們得有接受壞消息的心理準備。」

「潘蜜拉……」那女人的聲音發顫。

里福斯少校脫口說：「孩子，出事了？」

「是的，先生。」

「您是說她死了？」

里福斯夫人嚷道：「哦，不，不……」接著放聲哭泣。

里福斯少校將妻子摟近身邊。他的嘴唇顫抖，眼睛詢問地看著低頭的哈珀。

「一場事故？」

「不完全是，里福斯少校。她是在廢棄採石場的一輛燒毀汽車裡發現的。」

「在車裡？採石場？」

他非常吃驚。

里福斯夫人完全崩潰了，她倒在沙發上，劇烈地抽泣。

哈珀主任說：「如果你們願意，我可以等一會兒再說。」

里福斯少校厲聲說：「這是怎麼回事？謀殺嗎？」

「看起來是這樣，先生。所以如果不太為難你們的話，我想問你們幾個問題。」

「不會為難，不會，您這樣很好。如果您說的是真的，我們不應該浪費時間。但是我無法相信。誰會去傷害像潘蜜拉這樣的孩子？」

哈珀木然地說：「你們已向當地警方通報女兒失蹤的事。她離開這裡去參加童軍集會，你們在等她回來吃晚飯。是這樣嗎？」

「是的。」

「她應該坐公車回來？」
「是的。」
「她的童軍夥伴說，集會結束後，潘蜜拉說她要經戴恩茅斯去伍沃思，然後乘晚班車回家。你們覺得她這樣做很正常嗎？」
「哦，是的。潘蜜拉很喜歡去伍沃思。她經常去戴恩茅斯購物。公車沿公路走，離這兒大約只有十五哩。」
「就你們所知，她沒有別的計畫？」
「沒有。」
「她是不是要在戴恩茅斯見什麼人？」
「不，我確定她不是。如果是，她會告訴我們的。我們說好等她回來吃晚飯。所以到了很晚的時候她還沒回來，我們就打電話報了警。她平常不會不回家的。」
「令嬡有沒有不良的朋友，也就是說，你們不喜歡的朋友？」
「沒有，從來沒有這方面的麻煩。」
里福斯夫人含淚說：「潘蜜拉只是個孩子，她的心智不符合她的年齡。她喜歡玩遊戲什麼的，她一點也不成熟。」
「你們認識一位住在戴恩茅斯尊皇飯店的喬治．巴特利先生嗎？」

里福斯少校睜大眼睛。

「從未聽說過他。」

「您想令嬡認識他嗎？」

「一定不認識。」接著他厲聲問：「他和這件事有什麼關係？」

「他是那輛被燒毀的米諾安一四的車主。」

里福斯夫人喊道：「那麼他一定是……」

哈珀立刻說：「今天早些時候，他報案說他的車不見了。昨天午飯時間，車還在尊皇飯店的庭院裡。誰都有可能開走那輛車。」

「難道沒有人看見誰開走的？」

主任搖搖頭。

「飯店一天裡進進出出的車有數十輛。而米諾安一四是最常見的車。」

里福斯夫人哭道：「難道你們沒有採取什麼行動？難道你們不想找到那個……那個做這件事的魔鬼？我的小女兒，哦，我的小女兒！她不是被活活燒死的吧？哦，潘蜜拉，潘蜜拉……」

「她沒遭受痛苦，里福斯夫人。我向您保證車著火時她已經死了。」

里福斯堅強地問：「她是怎麼被殺害的？」

哈珀意味深長地瞥了他一眼。

「不知道。大火燒毀了所有相關的證據。」

他轉向倒在沙發上六神無主的女人。

「相信我，里福斯夫人，我們正在盡一切努力。這只是在調查階段，遲早我們會找到昨天在戴恩茅斯見過令嬡的人，以及和她在一起的人。你們知道這需要時間。我們會收到在這裡、那裡或任何地方見過一個女童子軍的數十、數百份報告。這需要挑選和耐心，但是我們最終一定會查明真相，你們別擔心。」

里福斯夫人問：「她……她在哪裡？我能看她嗎？」

哈珀主任又看了一眼女人的丈夫。他說：「法醫正在處理有關的事情。我建議您丈夫和我一起去辦理所有的手續。同時，請你們盡量回憶潘蜜拉所說過的任何話。也許當時你們沒有注意的一些事，會對了解案情有所幫助。您知道我的意思，就是某個偶然的字眼或詞語。這是你們能協助我們的最好辦法。」

這兩個男人朝門口走去，里福斯指著一張照片說：「那就是她。」

哈珀專注地看著這張照片。照片上是一組曲棍球隊員。里福斯指出站在隊伍中間的潘蜜拉。

一個好孩子，哈珀邊想邊看著照片上女孩紮著辮子那張誠摯的臉。

他想到了車裡被燒焦的屍體，嘴巴頓時緊緊抿在一起。

他暗自發誓，絕不讓謀殺潘蜜拉·里福斯的案子成為格倫郡的另一個懸案。

他私底下認為露比·基恩的事有可能是她自找的，而潘蜜拉·里福斯則完全是另一碼事。如果他曾見過什麼好孩子，那就是她。他發誓不找出殺人凶手決不罷休。

／11

一兩天後，梅崎上校和哈珀主任隔著梅崎上校的大桌子相視而坐。哈珀來馬奇班罕的目的是協商案情。

梅崎情緒低落地說：「唉，我們知道我們的進展……或者說沒有進展！」

「說沒有進展更合適，長官。」

「我們得要考慮兩起死亡案件，」梅崎說，「兩宗謀殺案。露比．基恩以及叫作潘蜜拉．里福斯的孩子。可憐的孩子，沒有多少東西能夠驗明她的身分，不過足夠了。她的父親已經證實了那隻沒有燒毀的鞋是她的，還有這顆女童軍制服上的鈕釦。凶手相當心狠手辣，主任。」

哈珀主任輕聲說：「你說得對，長官。」

「讓我稍感安慰的是，車子著火前她確定已經死亡了。這可以從她被扔在車座上躺著的樣子推斷出來。可能是被擊中頭部，可憐的孩子。」

「也可能是被勒死的。」哈珀說。

梅崎緊盯著他。

「你這麼認為嗎？」

「嗯，長官，有類似的謀殺案。」

「我知道。我已見過那女孩的雙親，她的母親都快瘋了。這件事太令人痛苦了，我們要解決的問題是，這兩起謀殺有關聯嗎？」

「我認為必定有。」

「我也這麼認為。」

主任陳述他的觀點。

「潘蜜拉．里福斯參加在戴恩伯里丘陵舉行的女童子軍集會。她的同伴說她的表現一切正常，很愉快。之後她沒有和三個同伴搭公車返回梅徹斯特。她跟她們說要從戴恩茅斯去伍沃思，然後從那裡搭車回家。從丘陵地到戴恩茅斯的公路繞陸地一大圈。潘蜜拉．里福斯走的是一條捷徑，需要穿過兩處空曠地區、一條羊腸小道和小路，然後就到了戴恩茅斯尊皇飯店附近。這條小路實際上經過飯店的西面，因此她有可能無意中聽到或看到露比．基恩的事，因而對凶手造成威脅，比方說，她聽到凶手約露比．基恩在那天晚上十一點鐘見面。他發覺這個女學生聽到了，而不得不殺人滅口。」

梅崎上校說：「哈珀，那就表示殺害露比．基恩是有預謀的，不是臨時起意。」

哈珀主任表示同意。

「我相信是這樣，長官。雖然表面看起來不像，而像是突發暴力、一時的衝動或嫉妒，但現在我覺得情況並不是這樣。不然我不知道該如何解釋里福斯這孩子的死因。如果她目擊了做案經過，那就是夜裡很晚的時候，大約晚上十一點。這個時候她還在尊皇飯店幹什麼？九點鐘她還沒有回家時，她的父母已經開始擔心了。」

「另外一個可能就是，她去戴恩茅斯見一個她父母和朋友都不認識的人，而她的死和那一起凶殺案毫無關係。」

「沒錯，長官，但我不認為如此。你想想，那位瑪波老小姐立刻指出這兩起案件有關聯。她馬上就問車裡的屍體是否就是那個失蹤的女孩。她確實是個非常精明的老婦人。這些老婦人有時候非常敏銳，能直指要害。」

「這樣的事，瑪波小姐已做過不只一次了。」梅崎上校面無表情地說。

「此外，還有那輛車，長官。我看她的死一定和尊皇飯店有關。那是喬治．巴特利先生的車。」

兩人再次相互看了一眼。

梅崎說：「喬治．巴特利？有可能！你覺得呢？」

哈珀條理分明地開始陳述他的看法。

「人們最後看見露比．基恩時，她和喬治．巴特利在一起。他說她回了她的房間（從房裡她換下的衣服可以證明）。她回房間換衣服是為了和他一道出去嗎？他們是不是有約在先，比如說在晚飯前談好的，而潘蜜拉．里福斯碰巧聽到了？」

梅崎說：「他直到第二天早上才報案說他的車不見了，當時他說的非常含糊不清，假裝記不起最後看見那輛車的確切時間。」

「這可能是耍詐，長官。依我的看法，他要嘛是一個假裝糊塗的聰明人，要嘛就是一個大笨蛋。」

梅崎說：「我們需要的是動機。按照這個情況看來，他並沒有殺害露比．基恩的任何動機。」

「是啊，我們每次總是卡在這裡。動機。聽說調查布里克斯威爾那家豪華舞廳的報告，也沒有發現什麼情況？」

「正是！露比．基恩沒有特別的男朋友。史萊克已經做了徹底的調查，說句公道話，很徹底。」

「是的，長官，確實很徹底。」

「如果有可找的東西，他早就翻出來了。可是那裡什麼也沒有。他有一份與她往來最頻繁的舞伴名單，都審查過，沒有問題。都是些個性不壞的小夥子，而且都能夠拿出那天晚上的不在場證明。」

「啊，」哈珀主任說，「不在場證明。這正是我們面臨的問題。」

梅崎目光犀利地看著他。

「是嗎？這方面的調查已交給你了。」

「是的，長官，已經調查了，非常徹底。我們還請求倫敦方面的協助。」

「結果怎麼樣？」

「康偉．傑佛遜先生或許認為加斯凱先生和小傑佛遜夫人很富有，然而事實並非如此，他們兩個手頭非常拮据。」

「真的？」

「是的，長官。康偉．傑佛遜先生說的不假，他兒女結婚時他給了他們不少錢。但那是十年前的事。小傑佛遜先生自以為擅長投資。實際上，他並沒有進行任何風險大的投資，可是他運氣不佳，不只一次判斷失誤。他的財產一直在減少。我敢說那個寡婦要量入為出很困難，要把兒子送入一家好學校就讀很不容易。」

「難道她沒有請求公公的幫助嗎？」

「沒有，長官。就我所知，她和他住在一起，因而不用負擔家庭開銷。」

「而他的身體很糟，大家認為他恐怕活不了多久？」

「是這樣沒錯，長官。現在來說說馬克．加斯凱先生。他是一個徹頭徹尾的大賭棍，很快地就把他妻子留下來的財產揮霍殆盡。他目前的處境極為窘困。他急需要錢，而且是一大筆錢。」

「我不喜歡這傢伙的長相，」梅崎上校說，「屬於放蕩的那類人，對吧？而且他確實有動機。兩萬五千英鎊意味著必須除掉那個女孩。沒錯，這確實是個動機。」

「他們兩人都有動機。」

「我沒有指傑佛遜夫人。」

「我知道你指的不是她，長官。不管怎樣，他們倆都有不在場證明，事實上是，他們不可能做到。」

「你有他們那天晚上活動的詳細情況嗎？」

「有。先說加斯凱先生，他和岳父及傑佛遜夫人一起吃晚飯，然後一塊兒喝咖啡，這時露比．基恩來了。然後他說他要寫信，就走開了。實際上，他開車在飯店前面兜了一圈。他老實地告訴我，他無法整晚打橋牌。老頭對橋牌太著迷。所以他說寫信只是個藉口。露比．

基恩一直和其他人在一起。馬克．加斯凱回來時，她正在和雷蒙跳舞。跳完舞後她和他們一起喝了點飲料，然後和小巴特利走了。加斯凱和其他人開始分組玩牌。當時是十一點四十分，午夜後他才離開牌桌。這一點很確定，長官，每個人都這樣說，他的家人、服務生，所有的人。因此，不可能是他。傑佛遜夫人也有不在場證明。她也沒有離開過牌桌。所以可以排除他們，這兩個可以出局。」

梅崎上校向後仰身，他拿著拆信刀敲打著桌面。

哈珀主任說：「也就是說，那女孩可能在午夜前遇害。」

「荷大克是這樣說的。他是這方面的專家，經驗豐富，他說是就是。」

「也許有別的原因，健康、特別體質或者別的什麼。」

「我問問他。」

梅崎看了一眼手錶，拿起電話撥了一個號碼。

他說：「現在荷大克應該在家。那麼，假設那女孩是午夜後被殺的呢？」

哈珀說：「那麼也許還有機會。午夜後還有人進進出出。假設加斯凱叫那女孩到外面某個地方和他見面，比如說在十二點二十分。他溜出去一會兒，勒死她，再回來，等晚些時候再處理屍體，比如在清晨。」

梅崎說：「用車載她到三十多哩外班崔家的藏書室？算了，這不可能。」

「是的，這不可能。」主任立刻承認。

這時電話鈴響了。梅崎拿起聽筒。

「喂，荷大克，是你嗎？露比．基恩可不可能是在午夜後遇害的？」

「我說過，她是在十點和午夜之間遇害。」

「是的，我知道，不過可以延長一點，是不是？」

「不行，不可以延長。我說她是在午夜之前遇害的，就是午夜之前，不要試圖竄改醫學證據。」

「是的。不過，會不會有某種生理現象？你明白我的意思。」

「我明白你不知道你自己在說什麼。那個女孩很健康，一切都正常，我絕不會說她不正常，以幫助你們找一個可憐的替死鬼興師問罪。不要不服氣，我知道你的那一套。還有啊，對了，那女孩是昏迷中被勒死的，也就是說，她先被下了藥，強力的麻醉藥。她是被勒斃，不過先被麻醉了。」

荷大克掛斷了電話。

梅崎鬱悶地說：「唉，就這樣。」

哈珀說：「本來我以為又找到一個可能的出發點，現在又消失了。」

「是什麼？誰？」

「說實在的，你應該去追查他，長官。他的名字叫作白卓・卜勞克，居住在戈辛頓莊附近。」

「狂妄無禮的小子！」一想起白卓・卜勞克的傲慢無禮，上校的臉陰沉下來。「他和這件事有什麼關係？」

「他好像認識露比・基恩。他經常在尊皇飯店吃飯，和那個女孩跳舞。你記得發現露比不見時，喬希對雷蒙說的話嗎？『她是不是和那個拍電影的男人在一起？』我查出她指的是卜勞克。你知道，他在萊姆維爾製片廠工作。喬希這樣說並沒有什麼依據，她只是認為露比很喜歡他。」

「大有希望，哈珀，大有希望。」

「實際上並不那麼樂觀，長官。白卓・卜勞克那天晚上在製片廠參加派對。你知道那是怎麼回事。八點鐘從雞尾酒會開始一直到空氣渾濁得看不透任何東西，人人都喝得醉醺醺。據盤問過他的史萊克警官說，他大約是在午夜時分離開製片廠的。午夜時分露比・基恩已經死了。」

「有人證明他說的話嗎？」

「我猜參加派對的大多數都……呃，醉得厲害。那個，呃，現在還在別墅裡的年輕女子，黛娜・李小姐，說他說的是實話。」

「她的話沒有一點意義！」

「沒有，長官，可能沒有。總之，參加派對的人都證明他的話屬實。只是關於時間，說法有些含糊不清。」

「製片廠在哪裡？」

「萊姆維爾，長官，倫敦西南三十哩。」

「嗯，和到這兒的距離差不多？」

「是的，長官。」

梅崎上校揉揉鼻子。

他非常不悅地說：「這樣的話，似乎我們可以排除他的嫌疑。」

「我想是的，長官。沒有證據顯示他真的被露比·基恩所吸引。實際上，」哈珀主任拘謹地咳了一聲，「他好像很迷戀那位年輕小姐。」

梅崎說：「好吧，剩下的就是『X』，一個不知名的凶手，如此不為人知，連史萊克也發現不了他的蛛絲馬跡！或者是傑佛遜的女婿，他也許想幹掉那個女孩，但是沒有機會下手。兒媳婦的情況也相同。或者是喬治·巴特利，他沒有不在場證明，不幸的是，他也沒有動機。或者是年輕的卜勞克，他有不在場證明，而且沒有動機。全說完啦！不，等等，我想我們應該考慮那個跳舞的，雷蒙·史塔。畢竟他經常和那女孩見面。」

哈珀慢慢說：「我不信他對她有多大興趣，不然，他就是一個出色的演員。實際上，他也有不在場證明。從十點四十直到午夜時分，眾人差不多都看過他和不同的舞伴跳舞。我看我們無法提出對他不利的證據。」

「實際上，」梅崎上校說，「我們無法對任何人提出不利的證據。」

「如果我們能找到一個動機，喬治．巴特利是我們最大的希望。」

「你調查過他了？」

「是的，長官。他是獨生子，被他的母親寵壞了。一年前她死時給他留下一大筆財產。他花得很快。他個性軟弱但不邪惡。」

「或許是精神上的。」梅崎滿懷希望地說。

哈珀主任點點頭。

「你想過沒有，這有可能解釋整個案情？」

「你的意思是，精神病罪犯？」

「是的，長官，專門勒死年輕女孩的傢伙，這在醫學上有個很長的名稱。」

「這可以解決我們所有的問題。」梅崎說。

「對此解釋，我只有一點不太喜歡。」哈珀主任說。

「哪點？」

「太容易了。」

「嗯，是，也許。那麼，像我開頭說的，我們的進展情況怎樣？」

「沒有任何進展，長官。」哈珀主任說。

12

康偉．傑佛遜醒來後伸了伸懶腰，揮舞著長而有力的雙臂。自從那次事故後，他身體裡的所有力量似乎都凝聚到了雙臂上。

透過窗簾可以看到早晨柔和的光線。

康偉．傑佛遜笑了。經過一夜休憩，他每一次醒來心情總是這樣愉快，精神飽滿，又恢復了內在的活力。又是嶄新的一天！

他這樣躺了一會兒，然後按響手邊那個特殊的鈴。突然，他被一陣記憶淹沒。

當靈敏的愛德華輕手輕腳走進房裡，他聽到了主人的呻吟聲。

愛德華的手停在窗簾上。他說：「您是不是感覺疼，先生？」

康偉．傑佛遜粗聲粗氣說：「不疼，繼續吧，把它們拉開。」

明亮的光線頓時灑滿房間。愛德華非常善解人意，並未看他的主人。

康偉．傑佛遜面孔冷峻，他躺在那裡回憶著，思考著，眼前又浮現出露比那張可愛、毫無生氣的臉，只是他腦海裡並未使用「毫無生氣」這個形容詞。昨晚他還會說她單純。一個天真、單純的孩子！而現在呢？

康偉．傑佛遜突然感覺很疲倦。他閉上眼睛，低聲喃喃道：「瑪格麗特……」

這是他亡妻的名字。

§

「我喜歡你的朋友。」阿提蕾．傑佛遜對班崔太太說。

她們兩人坐在露台上。

「珍．瑪波是個非常了不起的女人。」班崔太太說。

「她人也很好。」阿提蕾笑著說。

「有人說她是八卦女王，」班崔太太說，「但她真的不是這樣的人。」

「她只不過對人性的評價很低？」

「可以這樣說。」

阿提蕾·傑佛遜說：「忍受了那人這麼久，現在真讓人神清氣爽。」

班崔太太眼神犀利地看著她。

阿提蕾解釋說：「賦予這麼多高度評價，把一個微不足道的對象理想化！」

「你指的是露比·基恩？」

阿提蕾點點頭。

「我不想對她不客氣。她本人並不壞。可憐的小鬼，她必須為她想得到的東西奮鬥。她並不壞，平凡，很笨，而且性情溫和。不過她是一個果斷的騙財小狐狸精。我想她並沒有策畫或預謀，她只不過善加利用機會，而且她知道怎樣去吸引一個孤獨的老人。」

班崔太太邊想邊說：「康偉一定很孤獨吧？」

阿提蕾不安地動了一下。她說：「今年夏天他是很孤獨。」她停了一下，然後脫口說：「馬克會說這全是我的錯。也許是，我不知道。」

她沉默了一會兒，然後又抑制不住。她難以啟口且幾乎是不情願地繼續說：「我……我的生活非常不順。我的第一任丈夫邁克·卡莫迪在我們婚後不久就去世，我被擊垮了。你知道，彼得是在他死後出生的。法蘭克·傑佛遜是邁克的摯友，所以我們常見面。他是彼得的教父，這是邁克的要求。我非常喜歡他，而且，哦！也為他感到遺憾。」

「遺憾？」班崔太太顯然很感興趣。

「是的，就是如此。聽起來很奇怪，是吧？法蘭克總是要什麼有什麼。他的父母親對他好得不能再好。但我該怎麼說呢？你知道，老傑佛遜先生的個性太強，和他在一起，你就不可能有自己的個性。法蘭克有這種感覺。

「我們結婚後他十分快樂，非常快樂。傑佛遜先生很慷慨，他給了法蘭克一大筆錢，說他想讓孩子獨立，不想讓他們等到他死後才給。他太好了，如此大方。但這一切來得太突然。他應該一步步慢慢地讓法蘭克適應獨立。

「而法蘭克卻昏了頭。他想和他父親一樣出色，一樣善於理財和做生意，有遠見卓識，而且事業成功。當然，他做不到。確切地說，他並沒有拿那筆錢去做投機生意，只是在不適當的時候把它投資到不適當的地方。要知道，如果你不善於理財，錢會流失得很快，快得讓人吃驚。法蘭克的損失愈多，他愈想透過光要聰明的交易把它撈回來，因此造成惡性循環，情況愈來愈糟。」

「可是，親愛的，」班崔太太說，「難道康偉沒給他忠告嗎？」

「他不想要忠告。他就是想憑一己之力達成。這也是為什麼我們從未讓傑佛遜先生知道的原因。法蘭克死時留下的財產很少，只有很小的一筆錢。我……我也沒有讓他父親知道。你知道……」她突然回了一下頭。「若告訴他，我會有出賣法蘭克的感覺。法蘭克一定不高興我這樣做。傑佛遜先生病了很長一段時間。他康復後還以為我是一個非常富有的寡婦。我一直都瞞著他。這是自尊的問題。他知道我對錢精打細算，但是他贊成我這樣做，認為我是個勤儉持家的女人。當然，從那件事以後，彼得和我實際上一直和他住在一起，他負責支付我們所有的生活開銷，所以我從來不必擔心。」

她緩緩地說：「這些年來，我們一直就像是一家人，只是……只是，你明白（還是不明白？）在他眼裡，我不是法蘭克的遺孀，我仍是法蘭克的妻子。」

班崔太太明白她的意思。

「你是說，他從未接受他們的死去？」

「沒錯。他很了不起，但他是靠拒絕承認死亡來戰勝自己的痛苦。馬克是羅莎美的丈夫，我是法蘭克的妻子，雖然法蘭克和羅莎美不再和我們在一起，但他們還是存在。」

班崔太太柔聲說：「真是了不起的信念。」

「是的。我們這樣過了一年又一年，但是突然，今年夏天，我感覺到不對勁了。我感覺……我感覺要叛逆。這樣說真可怕，不過我不願意再去想法蘭克了！一切都過去了，我和他的愛，我們的夫妻情義，還有他死後帶給我的痛苦，這些我都曾經深嘗過，但現在已不再存在了。

「很難描述這種感覺。它像是要抹掉過去，重新開始。我想做我自己，做個還年輕健康，能夠玩樂、游泳、跳舞的阿提蕾，只做個凡人。還有雨果（你認識雨果．麥克林？），他是個貼心的朋友，一直想娶我，可是我沒有真正考慮過，但今年夏天，我確實開始考慮這件事，並不認真，只是模模糊糊……」

她停下來，搖搖頭。

「所以我想我是真的忽視了傑夫。我的意思並不是真正忽視他，但我的心思不在他身上。當我看到露比能讓他開心，我很高興，這樣我便能更自由地去做自己想做的事。但我作夢也沒想到，當然作夢也沒想到，他會如此如此地迷戀她！」

班崔太太問：「當你真的發覺以後呢？」

「我目瞪口呆，完全目瞪口呆！而且，恐怕還很生氣。」

「要是我就會生氣。」班崔太太說。

「你知道，還有彼得的因素。彼得未來的前途全指望傑夫。傑夫把他看成自己的孫子……或者這只是我自己的想法。當然他並不是他的孫子，一點血緣關係也沒有。一想到他將被剝奪繼承權……」她放在膝頭上那雙好看有力的手有點發抖。「因為事情看來如此，因為那個粗俗、騙財的小傻瓜，哦！我真該殺了她！」

她驚愕地停下來，漂亮的淡褐色眼睛乞求、害怕地看著班崔太太。她說：「我這樣講真可怕！」

雨果．麥克林從她們身後悄悄走來，他問：「什麼事講起來真可怕？」

「坐下吧，雨果。你認識班崔太太，對吧？」

麥克林和她打過招呼。他低聲追問：「什麼事講起來真可怕？」

阿提蕾．傑佛遜說：「但願我殺了露比．基恩。」

雨果．麥克林想了一會兒，然後說：「不，如果我是你，我不會這麼說，這可能會被人誤解。」

他沉靜的灰色眼睛意味深長地看著她。他說：「你必須小心謹慎，阿提蕾。」

他的口氣帶有警告的意味。

§

幾分鐘後，瑪波小姐從飯店裡出來找班崔太太，雨果．麥克林和阿提蕾．傑佛遜則一起沿著小徑往海邊走去。

瑪波小姐坐下後說：「他好像非常癡情。」

「已經單戀多年了！他是那種男人。」

「我知道。和伯瑞少校一樣。他追求一位英印混血寡婦追了十年，成為她朋友圈裡的笑話！最後她終於同意嫁給他，但不幸的是，在他們婚期的前十天，她和司機私奔了！一個非常好的女人，一向通情達理。」

「人的行為確實非常古怪。」班崔太太表示同意。「珍，你剛才在這裡就好了。阿提蕾·傑佛遜在跟我敘述她自己的一切，說她丈夫如何花光他所有的錢，但是他們從來沒告訴過傑佛遜先生。又說今年夏天，她覺得一切都變了……」

瑪波小姐點點頭。

「是的，我猜她對被迫生活在過去的陰影裡開始反叛吧？畢竟，凡事都有個時間限度。你不能永遠坐在窗簾緊閉的屋子裡。我猜傑佛遜夫人拉開了窗簾，脫下了寡婦的喪服，而她的公公對此非常不快。他覺得受到冷落。我想他根本沒有意識到是誰使她發生了這樣的變化。反正他對此必定不高興。所以，像巴傑老先生一樣，當他妻子開始學習招魂術，他便伺機而發，只要是願意聆聽他說話的年輕漂亮女孩都行。」

班崔太太問：「你認為她是她表姐喬希有意弄來的嗎？這是一個陰謀？」

瑪波小姐搖搖頭。

「不，我不這麼認為。我想喬希還不具備預測他人反應的能力。她這方面很愚笨。她精明、實際，思想狹窄，絕對無法預測未來，而且常被未來弄得驚訝不已。」

「這件事似乎讓每個人吃了一驚。」班崔太太說，「阿提蕾，還有馬克·加斯凱。」

瑪波小姐笑了。

「我敢說他另有打算。他是一個膽大妄為的傢伙，眼神游移不定！無論他以前多麼愛他的妻子，他也不是那種能長期服喪鰥居的男人。我認為他們兩人在傑佛遜老先生永恆記憶的束縛下都無法安分。

「只是，」瑪波小姐嘲諷地加上一句：「對男人來講當然比較容易。」

§

此時，馬克和亨利．克什林爵士的談話證實了這個評語。

馬克以他特有的率直單刀直入。

「我剛剛才明白，」他說，「我是警方的第一號嫌疑犯！他們正在調查我的財務狀況。你知道，我破產了，或者幾乎破產。如果老傑夫適時在一兩個月後去世，阿提蕾和我適時地分配財產，一切就萬事大吉。實際上，我欠下很多債務……如果垮了，那會很淒慘！如果能避免，就是另外一回事，我會出人頭地，成為一個非常富有的人。」

亨利．克什林爵士說：「馬克，你是個賭徒。」

「一直都是。敢於冒一切風險，這就是我的座右銘。是的，對我來講，那個可憐的孩子被人勒死是件幸運的事。但不是我下的手，我不是殺人犯。我想我殺不了任何人，我太隨和了。不過恐怕我無法使警方相信這點！他們一定認為我就是刑警要找的殺人凶手！我有動機，也在現場，我沒有堂而皇之的道德顧慮！很難想像為什麼我現在還沒有被關起來！那個主任的眼睛非常厲害。」

「你有一樣有用的武器，不在場證明。」

「不在場證明是世界上最信不過的東西！無辜的人從來都沒有不在場證明！此外，還得憑死亡時間或什麼的，我敢說如果三個醫生說那女孩是午夜被殺的，至少可以找到六位醫生信誓旦旦說她是凌晨五點被害的，那麼，我又有什麼不在場證明呢？」

「不管怎樣，玩笑是可以開的。」

「但品味很低，是不是？」馬克開心地說，「實際上，我很害怕。想想，是謀殺案啊！不要以為我不同情老傑夫，我同情他。雖然打擊很大，不過這樣更好，總比等他發現她的真面目要好。」

「你是什麼意思？發現她的真面目？」

馬克眨眨眼。

「那天晚上她能去哪兒？我敢打賭，她一定是去見一個男人。傑夫不會高興的，他絕對不會高興。如果他發現她在欺騙他，發現她不是那個看起來天真無邪的小女孩……唉，我岳父是個古怪的人。他自制力極強，不過，那個自制力也會崩潰的。要是那樣的話，大家最好小心點！」

亨利爵士好奇地看了他一眼。

「你喜歡他，還是不喜歡他？」

「我非常喜歡他，同時我又恨他。我會盡力解釋。康偉・傑佛遜是個喜歡操控周圍一切的人。他是一位樂善好施的的君主，仁慈、善良、大方、重感情，但他是大家的基準，每個人都得跟著他亦步亦趨。」

馬克・加斯凱停了一會兒又說：「我愛我的妻子，我永遠再也不會對任何人有同樣的感覺。羅莎美是陽光、歡笑和鮮花。她死時，我感覺自己就像是一個在拳擊場被擊倒的拳手。但是裁判倒數的時間太長了。我畢竟是個男人。我喜歡女人，但我不想再婚，一點也不想。唉，不過這沒有什麼關係，小心謹慎一點就行，但是我確實玩得很開心。可憐的阿提蕾就不行了。阿提蕾是個真正的好女人，是那種男人願意娶回家而非逢場作戲的對象。給她一點的機會，她就會再婚，而且很快樂，也能使對方快樂。但是老傑夫把她永遠看成是法蘭克的妻子，並迫使她也這麼想。他本人不知道，但我們宛如獄中的囚徒。很久以前我就悄悄地逃了出來。阿提蕾今年夏天才逃出來，這讓他震驚不小。他的世界分裂了。結果呢，露比・基恩上場。」

他情不自禁地唱道：

可是她在墳墓裡，哦……

教我如何是好！

「我們去喝一杯吧，克什林。」

亨利爵士想，馬克．加斯凱不成為警方懷疑的對象才怪呢！

／13

梅卡夫醫師是戴恩茅斯最有名的醫生之一。他尊重病人，總能讓病房裡的人心情愉快。他是個中年人，聲音平和悅耳。

他在認真傾聽哈珀主任說話，並謙和準確地回答他提出的問題。

哈珀說：「那麼，梅卡夫醫師，我可以確定傑佛遜夫人對我說的是實話？」

「是的，傑佛遜先生的健康狀況不穩定。這些年來他一直無情地給自己施加壓力。他決心和其他人過同樣的生活，因此他的生活節奏比同齡的正常人要快得多。他拒絕休息、放鬆、慢慢來，拒絕聽取我和他的醫療顧問所提出的任何建議。結果他成了一台使用過度的機器，心臟、肺、血壓全都過於疲勞。」

「你是說，傑佛遜先生根本不聽別人的話？」

「是的，不過我不曾責備他。我對自己的病人不會這樣說……但是一個人與其懶散，還不如搞到精疲力竭的好。我的很多同事都是這樣，我保證這個做法並不壞。在戴恩茅斯這樣的地方，我看到的大多是另一種情況：病弱者死死抓住生命不放，他們害怕過於勞累，害怕流動的空氣、飄散的細菌，甚至害怕不當的飲食！」

「我看確實是這樣。」哈珀主任說，「也就是說，康偉．傑佛遜的身體還算健壯，或者說是肌肉強壯。對了，他精神好的時候能做些什麼活動？」

「他的手臂和肩膀很有力量。那場事故發生以前，他是個很有體力的人。他能非常靈敏地操縱輪椅，如果依靠拐杖，他能自己在房間裡活動，比方說，從他的床走到椅子那裡。」

「像傑佛遜先生這種受傷的人，不是都安裝義肢嗎？」

「他的情況不行。他的脊椎損傷了。」

「我明白了。讓我再總結一下：從體格上來講，傑佛遜健康強壯，肌肉靈活，他也自覺良好，是這樣嗎？」

梅卡夫點點頭。

「但是他的心臟不好。任何疲勞過度、勞累、震驚或突然的驚嚇，都可能導致他突發死亡，是這樣嗎？」

「差不多。過度的勞累正在慢慢摧毀他。因為他疲倦時也不休息，這加重了他的心臟病。勞累不可能突然致他於死地，但是突然的震驚或驚嚇就很可能。所以我已經明確地警告過他的家人。」

哈珀主任緩慢地說：「然而事實上，震驚並沒有奪走他的生命。醫師，我的意思是，不可能還有比這更令人震驚的事了，對吧？他還活著。」

梅卡夫醫師聳聳肩。

「我知道。不過，主任，你要是有我這樣的經歷就會知道，有很多病例顯示，這世上不可能有正確的診斷。本來應該因為震驚和受凍而死的人卻沒死於震驚和受凍。人體比我們想像的要強韌得多。而且根據我的經驗，身體上的打擊通常比精神上的打擊更致命。簡單地說，突然砰的一記關門聲，可能比獲悉自己喜愛的女孩死於某種暴力行為，更能置傑佛遜先生於死地。」

「為什麼呢？」

「壞消息能引起聽者的防禦反應，它使聽的人麻木。他們最初無法接受，完全醒悟需要一點時間。但是砰的甩門聲、壁櫥裡突然跳出一個人、過馬路時一輛車突然駛過，這些都是即時行為，用一般人的話來說，會『嚇得心臟都跳出來了』。」

哈珀主任一字一頓地說：「不過誰都知道，那女孩突然死去所帶來的震驚，或許能一下導致傑佛遜先生暴斃而亡？」

「哦，很容易。」醫師好奇地看著對方。「你不會是想甩門。」
「我不知道我在想什麼。」哈珀主任惱火地說。

§

「但是您必須承認，長官，這兩件事非常吻合，」隨後他對亨利．克什林爵士這樣說，「一箭雙雕。先是那個女孩，她的死也許會帶走傑佛遜先生，在他還沒有機會更改遺囑之前。」
「你認為他會更改遺囑？」
「這個您應該比我更了解，先生。您說呢？」
「我不知道。露比．基恩來這裡以前，我無意中知道他已經把錢留給了馬克．加斯凱和傑佛遜夫人。我不明白為什麼現在他又改變了主意。不過當然他有可能這麼做。也許他會把錢留給某間養老院，或者資助年輕的職業舞者。」
哈珀主任表示同意。
「你絕對想不到一個男人的腦子裡都裝些什麼，特別是當他在處理錢財可以不必考慮道德義務的時候。他們之間沒有血緣關係。」

亨利爵士說：「他喜歡那個男孩，小彼得。」

「您認為他把他當孫子看嗎？這一點您比我更清楚，先生。」

亨利爵士緩緩地說：「不，我不這麼認為。」

「還有一件事我想問問您，先生，我自己無法判斷。但他們是您的朋友，所以您應該知道。我很想知道傑佛遜先生到底有多麼喜歡加斯凱先生和小傑佛遜夫人。」

亨利爵士皺皺眉。

「我不太明白你的意思，主任？」

「哦，是這麼回事，先生。姑且不論他們之間的關係，只把他們當成一般人，那麼他有多麼喜歡他們？」

「啊，我明白你的意思了。」

「是的，先生。大家都知道他非常依戀他們兩個，但是照我看，他依戀他們是因為他們是他女兒的丈夫和兒子的妻子。只是假如他們其中一位再婚了呢？」

亨利爵士想了想說：「你提的這一點很有意思。我不知道。我傾向於認為——這只是我個人的看法——這不會使他的態度大幅改變。他會祝他們幸福，不會積怨在心。但是我想，自此之後，他對他們也不會再加關心。」

「他對他們兩人的態度都是這樣嗎，先生？」

「我想是的。幾乎可以肯定他對加斯凱先生的態度是這樣；而且我認為傑佛遜夫人的情況也是如此，但不會那麼徹底。我認為他喜歡她這個人。」

「和性別大有關係。」哈珀主任頗有見識地說，「把她當女兒看，比把加斯凱先生當兒子看更容易，反過來也一樣。女人很容易把女婿當作家裡的一份子，但很少把兒媳婦當女兒來看。」

哈珀主任繼續說：「長官，您不介意和我一起沿著這條小徑去網球場吧？我看見瑪波小姐坐在那裡。我想請她幫個忙，實際上，我想請你們兩個幫忙。」

「怎麼幫法，主任？」

「調查出我無法調查到的線索。長官，我想請您代我去探問愛德華。」

「愛德華？你想從他那裡知道些什麼？」

「你能想出來的任何事情！他知道的一切以及他的想法！家庭各成員之間的關係、他對露比．基恩這件事的看法，一些內幕消息。他比任何人更了解情況，他必定清楚！他不會對我說，但是他會對你說。我們或許因此能發現什麼。當然，這得您不反對才行。」

亨利爵士嚴肅地說：「我不反對。我被緊急召喚來這裡的目的，就是要弄清真相。我會盡最大的努力。」

他又問：「你想讓瑪波小姐幫你什麼忙呢？」

「調查一群女孩子，一些女童軍。我們已經召集了六位左右，她們是潘蜜拉．里福斯生前最要好的朋友。或許她們知道些情況。你知道，我一直在想，如果那女孩真的要去伍沃思，她應該會勸另一個女孩和她一起去。通常女孩子喜歡和同伴一起逛街。」

「是的，我想是這樣。」

「所以，我認為去伍沃思可能只是個藉口。我想知道這個女孩到底去了哪裡。她可能說漏了什麼。如果是這樣，我想瑪波小姐就能從這些女孩身上探聽出來。我敢說她對女孩比較了解，比我知道的多。況且，她們害怕警察。」

「這似乎是瑪波小姐最擅長的鄉村謎案。你知道，她非常敏銳。」

主任笑了。

「您說得對，沒有多少事能逃過她的眼睛。」

看見他們走過來，瑪波小姐抬起頭熱情地歡迎他們。她聽完主任的話，立刻接受了他的請求。

「主任，我非常樂意幫助您，而且我想我也許幫得上忙。您知道，主日學校、幼女童軍，本地的女童軍，附近的孤兒院，我都是這些委員會的成員，我經常和女舍監交流，還有傭人，通常我的女傭都很年輕。哦，是的，我很清楚一個女孩子什麼時候講的是真話，什麼時候說的是假話。」

「實際上，您是一位專家。」亨利爵士說。

瑪波小姐白了他一眼說：「哦，請不要取笑我，亨利爵士。」

「我作夢也不敢取笑您，我倒是多次成為您的笑柄。」

「鄉下的邪惡之事確實很多。」瑪波小姐低聲解釋道。

「對了，」亨利爵士說，「上一次您問我的問題我已經查清楚。主任告訴我說，露比的廢紙簍裡有剪下的指甲。」

瑪波小姐邊思考邊說：「是嗎？那就是這麼回事……」

「瑪波小姐，您為什麼想知道這個？」主任問。

瑪波小姐說：「嗯，這是我看到屍體時覺得不對勁的其中一件事。她的手有些不對勁，起初我不明白是怎麼回事。後來我想到，習慣濃妝豔抹的女孩一般都留長指甲。當然，我知道女孩子都喜歡咬指甲，這個習慣很難改掉。不過虛榮心經常能起作用。我當時想，這個女孩還沒有改掉這個壞毛病。後來那個小男孩，就是彼得，他說的話讓我明白以前她留的是長指甲，只不過其中一個指甲勾住了東西而撕斷裂。這樣的話，她肯定會把其他的指甲剪平。所以我向亨利爵士問起指甲的事，他說他去查查。」

亨利爵士說：「您剛才說，『看到屍體時覺得不對勁的其中一件事』，難道還有別的事情嗎？」

瑪波小姐使勁點點頭。

「哦，有！」她說，「那件衣服。那件衣服根本不對勁。」

兩個男人好奇地看著她。

「為什麼？」亨利爵士問。

「嗯，您知道，那是件舊衣服。喬希說得很肯定，我也親眼看見，這件衣服非常寒酸、很破舊。這太不對勁了。」

「我不明白這有什麼不對勁。」

瑪波小姐的臉微微泛紅。

「我們猜露比．基恩換衣服是想去見我侄子們所謂的『心上人』？」

主任的眼睛一亮。

「那是個推測。她和某個人有約……俗稱的『男朋友』。」

「那她為什麼穿一件舊衣服？」瑪波小姐追問。

主任搔頭想了想說：「我明白您的意思。您認為她應該穿一件新衣服？」

「我認為她應該穿上她最好的衣服。女孩子都這樣。」

亨利爵士插嘴說：「是的，不過聽我說，瑪波小姐，假如她是出去幽會，她或許坐的是一輛敞篷汽車，或許散步時選的路不好走。而她因為不想把一件新衣服弄壞，所以穿了一件舊的。」

「這是明智的做法。」主任表示同意。

瑪波小姐轉身面對他，強力反駁道：「明智的做法是換上長褲和套衫或花呢衣。這個（當然我不想顯得勢利眼，不過這恐怕難免），是一個女人，一個我們這個階層的女人的做法。

「一個有教養的女孩，」瑪波小姐打開話匣繼續說，「總是特別注意在適當的場合穿適當的衣服。我的意思是，無論天氣多熱，一個有教養的女孩絕不會穿一件絲綢花衣裳出現在越野賽馬場。」

「那麼和情人約會時，適當的穿戴應該是……」亨利爵士追問。

「如果她準備和他在飯店或穿晚禮服的場合見面，她會穿上她最好的晚禮服；當然，如果在外面幽會穿晚禮服看起來很可笑，她會穿上她最迷人的休閒裝束。」

「時裝模特兒或許吧，但是露比這個女孩……」

瑪波小姐說：「當然露比不是……嗯，直率地說，露比不是一位淑女。她那個層次的女孩不管場合多麼不合適，她也要穿上她們最好的衣服。去年我們去斯克蘭特岩區野餐。女孩子們的穿戴非常不妥，簡直讓人大開眼界。印花薄綢洋裝、漆皮鞋，有些人還戴精緻美觀的帽子。她們穿著這些爬越山岩，穿梭於荊豆和石楠屬植物之間。年輕男士則穿著他們最好的西服。當然，徒步旅行又是一回事，大家穿的衣服等同於制服，女孩子們似乎沒意識到，只有身材非常苗條的人穿短褲才好看。」

主任慢吞吞地說：「那麼您認為露比．基恩……」

「我認為她不會換下當時她身上穿的那件衣服，她那件最好的粉紅色禮服，除非她還有更新的。」

哈珀主任說：「那麼，瑪波小姐，您的解釋是什麼？」

瑪波小姐說：「我還沒有找到解釋。但我覺得這很重要……」

§

在四周有圍欄的網球場裡，雷蒙．史塔的網球課正接近尾聲。

一個矮胖的中年婦女短促地說了幾句感謝之詞，然後拾起天藍色的羊毛衫向飯店走去。

雷蒙在她身後高興地嚷了幾句。

然後他轉身朝三個旁觀者坐的長凳走來。他把球拍夾在腋下，手裡拿著網球袋，裡面的那些球不停地搖晃。此刻他臉上那歡快的表情徹底消失了。他看起來既疲憊又焦慮。

他走近長凳，說：「結束了。」

接著笑意又回到他的臉上，迷人、男孩氣、富有感染力，與他古銅色的臉龐和優雅的身軀恰到好處地融為一體。

亨利爵士心裡不禁揣摩著他有多大年齡。二十五、三十、三十五？無法判斷。

雷蒙微微搖頭說：「她永遠也打不好。」

「這對你來講一定很乏味。」瑪波小姐說。

雷蒙說：「有時候是，特別是夏末時節。想起酬勞，是會讓你振作起來，但不管怎麼說，錢也不能激發你的想像力！」

哈珀主任突然站起來說：「瑪波小姐，如果可以，半小時後我再來找您。」

「好的，謝謝。我會準備就緒的。」

哈珀走了。雷蒙站在那裡望著他的背影，他說：「我在這裡坐一會兒行嗎？」

「坐吧。」亨利爵士說，「抽菸嗎？」

他拿出他的菸盒，同時心裡納悶為什麼自己對雷蒙．史塔存有偏見。僅僅因為他是職業網球教練和舞者？如果是，那也不是因為網球，而是跳舞這件事。亨利爵士和大多數英國人一樣，認定任何舞姿太好的男人都不可靠！這個傢伙舞姿太優雅！拉蒙，雷蒙，哪個是他的名字？他突然提出這個問題。

對方似乎覺得很有趣。

「拉蒙是我最初的藝名。拉蒙和喬希，為了有西班牙味。後來因為這裡對外國人排斥得很厲害，於是我就變成了雷蒙，非常有英國味……」

瑪波小姐說：「你的真名很不一樣嗎？」

他對她笑笑。

「事實上，我的姓氏是拉蒙。我的祖母是阿根廷人（難怪他的臀部扭得那麼好，亨利爵士想），但我的名字是湯瑪斯，平凡得令人生厭。」

他轉向亨利爵士。

「先生，您是從德文郡來的，是嗎？從斯太恩來的？我的親戚以前住在那裡，在阿蒙斯頓。」

亨利爵士興奮起來。

「你是阿蒙斯頓史塔家族的一員？我沒想到。」

「是，我猜您想不到。」

他的聲音裡帶有少許的苦澀。

亨利爵士尷尬地說：「運氣不好，呃，或什麼的吧。」

「您指的是這塊地方在家族手上三百年後被賣掉這件事？是的，非常不幸。不過，我想我們還是得離開。我們已經無用武之地了。我哥哥去了紐約。他在出版界做事，混得不錯。我們其他人分散到世界各地。如果你只接受過公立學校教育，再無其他學位可言，那麼如今很難找到一份工作！如果你運氣好的話，或許可以在一家飯店做接待員。在那裡領帶和儀表是一種資本。我得到的唯一一份工作，是在一家水電公司做展示員，出售高級的桃色和檸檬色瓷浴缸。那個展示廳非常大，可是我對這些東西的價格或發貨期向來一竅不通，所以我被解雇了。

「我能做的就是跳舞和打網球。我在里維拉的一家飯店找到一份差事，收入不錯，我想我幹得還可以。後來我聽說一個老上校，一個非常老的上校……老得讓人不敢相信，一個道道地地的英國人，總愛談起浦那[8]。他找到經理大聲嚷嚷：『那個舞男在哪裡？我要找到這個舞男。我太太和女兒想跳舞。那個傢伙在哪裡？他敲詐了你們多少錢？我要找那個舞男。』」

雷蒙繼續說：「說起來很傻，但是我接受了。我辭去了原來的工作，來到這裡。雖然報酬比以前拿得少，但工作起來比較愉快，主要是教那些永遠都學不好的胖女人打網球。還有就是和那些有錢顧客的女兒們跳舞。她們在舞會上是常常被人忽視的壁花。我想這就是生活。請原諒聽我今天這段倒楣的故事！」

說完他放聲大笑，露出了雪白的牙齒，眼角向上翹起。突然間他看起來健康快樂，充滿了活力。

亨利爵士說：「很高興和你一談。我一直想和你聊聊。」

「關於露比·基恩？你知道，我幫不了你，我不知道誰殺了她，我對她的了解很少，她從來不向我吐露祕密。」

瑪波小姐說：「你喜歡她嗎？」

「不特別喜歡，但也不討厭她。」

他的語氣毫不在乎、漠不關心。

亨利爵士問：「那麼你再沒有什麼可以告訴我們了？」

「恐怕沒有……如果有，我早告訴哈珀了。在我看來就是那麼一回事！是那種微不足道、卑鄙的小犯罪，沒有線索，沒有動機。」

「有兩個人有動機。」瑪波小姐說。

亨利爵士緊盯著她。

「是嗎？」雷蒙看起來很吃驚。

瑪波小姐目不轉睛地看著亨利爵士，他極不情願地說：「她的死可能給傑佛遜夫人和加斯凱先生帶來五萬英鎊。」

8 浦那（Pune），位於印度中西部，是印度第九大城市。

「什麼？」雷蒙看起來確實大吃一驚，不只是吃驚，而且生氣。「哦，可是這太荒唐了，荒唐得不得了，傑佛遜夫人，他們兩個不可能和這件事有關。這種想法太不可思議了。」

瑪波小姐咳了一聲，她輕言細語地說：「恐怕你太理想主義了。」

「我？」他放聲笑了。「不！我是個冷酷的憤世嫉俗者。」

「錢，」瑪波小姐說，「是一個非常強而有力的動機。」

「也許是。」雷蒙激動地說，「不過他們兩個不會殘忍地勒死一個女孩……」

他搖頭，站了起來。

「傑佛遜夫人來上課了，她遲到了。」他的聲音聽起來很開心。「遲到了十分鐘！」

阿提蕾．傑佛遜和雨果．麥克林正沿著小徑匆匆走來。

阿提蕾．傑佛遜微笑地表示歉意，然後走向球場。麥克林在長凳上坐下。他禮貌地徵得瑪波小姐的同意，然後點著菸斗，默默地抽了幾分鐘，眼神不滿地看著網球場上的兩個白色人影。

最後他說：「我不明白阿提蕾為什麼要上課。打一局，可以，沒人比我更喜歡打。但是為什麼要上課呢？」

「想提高她的球技吧。」亨利爵士說。

「她打得不錯。」雨果說，「無論怎樣，夠好了。真是的，她又不準備參加溫布敦網球大賽。」

他沉默了一會兒又說：「這個叫雷蒙的傢伙是誰？這些職業教練是從哪兒來的？我看他像個拉丁佬。」

「他是德文郡史塔家族的人。」亨利爵士說。

「什麼？不會吧？」

亨利爵士點點頭。很明顯這個消息讓雨果・麥克林不悅。他比剛才更不高興。

他說：「我不明白阿提蕾為什麼叫我來。這件事對她似乎一點影響也沒有！她的氣色從未這樣好過。為什麼叫我來？」

亨利爵士有些好奇地問：「她什麼時候叫你來的？」

「哦，呃，這一切發生以後。」

「您是怎麼知道的？從電話還是電報？」

「電報。」

「恕我好奇，那電報是什麼時候發的？」

「嗯，正確時間我不知道。」

「您是什麼時候收到的？」

「實際上我沒有收到，事實上是她打電話告訴我的。」

「是嗎？您當時在哪裡？」

「前一天下午我就離開倫敦了，當時我在戴恩伯里．黑德。」

「什麼，那離這很近嘛！」

「是的，非常好笑，是不是？我剛打完一局高爾夫，聽到消息，立刻就趕來了。」

瑪波小姐審視他，他看來顯得急躁不安。她說：「我聽說戴恩伯里．黑德這個地方非常不錯，而且價格不太貴。」

「不，不貴。如果貴，我也支付不起。那是一個不錯的小地方。」

「哪天我們一定要開車過去看看。」瑪波小姐說。

「哦，什麼？哦，呃，對，是呀。」他站起來。「活動活動，這樣才有胃口。」

他快步走開了。

「女人，」亨利爵士說，「對待她們痴心的愛慕者非常不公平。」

瑪波小姐笑而不語。

「他給您的印象是不是很乏味？」亨利爵士問，「我很想知道。」

「也許思想有點保守。」瑪波小姐說，「但是我想他很有前途，哦，的確很有前途。」

亨利爵士也站起來。

「我該去辦我的事了。我看見了班崔太太，她正要來和你作伴。」

§

班崔太太氣吁吁地走來，她喘了口氣坐下。

她說：「我剛才一直在和女服務生聊天，可是一點用都沒有。我沒有發現一點新線索！你想那個女孩真能神不知鬼不覺地祕密和人來往嗎？」

「這個問題很有意思，親愛的。我想絕對不可能。如果她和別人過從甚密，必定會有人知道！但是她的做法一定也很聰明。」

班崔太太把注意力轉向網球場，她稱讚道：「阿提蕾的球技進步很大。那個網球教練是個迷人的年輕人。阿提蕾的長相也非常好看，她仍然是個有吸引力的女人，如果她再婚，我一點兒都不會驚訝。」

「而且傑佛遜先生死後，她會成為一個富有的女人。」瑪波小姐說。

「哦，不要總是以小人之心度君子之腹，珍！為什麼你還沒有解開這個謎？我們似乎一點進展都沒有。我還以為你馬上就會知道了。」班崔太太的口氣帶有責備之意。

「不，不，親愛的。我不是馬上就知道的，而是過了一段時間。」

班崔太太吃驚地看著她。

「你是說，你現在知道是誰殺了露比・基恩？」

「哦，是的。」瑪波小姐說，「我知道！」

「珍，是誰？快告訴我。」

瑪波小姐堅決地搖搖頭，雙唇緊閉。

「對不起，桃莉，我不能告訴你。」

「為什麼不能？」

「因為你太不謹慎。你會到處跟每個人說，如果你不說，你也會給別人暗示。」

「不，我不會的，我對誰也不說。」

「說這種話的人總是最不會履行諾言。這樣不好，親愛的。我們還有很長的路要走，很多情況還不是十分清楚。你記得我當時是多麼反對讓帕翠姬夫人為紅十字會收帳，我也說不清是為什麼。原因是她的鼻子抽動時的樣子，和我的女傭艾莉絲出去付帳時的樣子一模一樣。她總是少付給人家一先令左右，並說『可以記在下星期的帳上』。帕翠姬夫人的做法完全一樣，只不過規模大得多……她貪汙了七十五英鎊。」

「別管帕翠姬夫人了。」班崔太太說。

「但是我必須向你解釋。如果你真的在乎，我會給你一個提示。這個案子的癥結在於每個人都太輕信和相信別人。簡單地說，你不能人家告訴你什麼，你就相信什麼。只要情況還不明朗，我誰都不信！聽我的，我對人性太了解了。」

班崔太太沉默了一會兒，隨後她換了一種口氣說：「我告訴過你了吧，我看不出憑什麼我不應該從這個案子裡獲得樂趣。發生在我家裡一宗真正的謀殺案！這種事將來絕不會再有了。」

「希望不會。」瑪波小姐說。

「是的，我也希望如此，一次就夠了。但是，珍，這是我的謀殺案，我想盡情享受。」

瑪波小姐瞥了她一眼。

班崔太太怒氣沖沖地問：「你不相信嗎？」

瑪波小姐溫柔地說：「當然相信，桃莉，你都這麼說了。」

「是的，不過你從不相信別人對你說的話，對嗎？這是你剛才說的。好吧，非常正確。」班崔太太的口氣突然辛酸起來，她說：「我不是個傻瓜，珍，你或許以為我不知道整個聖瑪莉米德、整個郡都在議論些什麼！他們每個人都在說，無風不起浪，如果那女孩是在亞瑟的藏書室裡發現的，那麼亞瑟一定知道什麼。他們說那女孩是亞瑟的情婦，也有人說她是他的私生女，說她在勒索他。他們想什麼就說什麼！而且會不斷地說下去！亞瑟起初意識不到，他不明白是怎麼回事。他是個如此可愛的老糊塗，絕不會相信人們竟這樣看他。大家對他會冷淡，斜眼看他（無論那是什麼意思）。總之，他會慢慢明白，接著就會突然間驚恐不已，傷心欲絕，他會像個蛤蜊一樣緊緊將自己關起來，日復一日獨自忍受悲傷。

「就因為這一切可能發生在他身上，我才來這裡搜尋這件事的蛛絲馬跡！一定得偵破這起謀殺案！如果偵破不了，亞瑟的一生就毀了，我不會讓這種事發生。我不會，我不會，我不會！」

她停了一會兒又說：「我不會讓我那可愛的老頭子為他沒做過的事而飽受地獄般的煎熬。這就是為什麼我來到戴恩茅斯，把他一個人留在家裡的原因。我要查明真相！」

「我知道，親愛的。」瑪波小姐說，「這也是我來這裡的原因。」

／14

在飯店一間安靜的房間裡，愛德華正畢恭畢敬地傾聽亨利．克什林爵士說話。

「愛德華，我想問你一些問題。不過首先，我要你明確了解我的立場。我曾經是蘇格蘭警場的局長，現在已經退休。這場悲劇發生後，你的主人把我請來，他要我運用我的專業能力和經驗查明真相。」

亨利爵士停了下來。

愛德華睿智的淺色眼睛看著對方的臉，他低下頭說：「確實是這樣，亨利爵士。」

亨利爵士審慎地緩緩說：「在警方處理的案件中，有時必須隱瞞一些情況，其原因各式各樣，因為觸及家醜，因為和案件無關，或因為會給當事人帶來尷尬和麻煩。」

愛德華又說：「確實如此，亨利爵士。」

「愛德華，我想你現在非常明白這件事的重點。那名遇害的女孩即將成為傑佛遜先生的養女。有兩個人有阻止這件事發生的動機。這兩個人就是加斯凱先生和傑佛遜夫人。」

貼身男僕的眼睛剎那間微微閃亮。他說：「先生，我想知道警方是否懷疑他們？」

「他們沒有被逮捕的危險，如果那是你想知道的。但警方一定會懷疑他們，而且會繼續懷疑下去，直到案情水落石出。」

「他們的處境不妙，先生。」

「非常不妙。要查明真相，需要了解與本案有關的所有事實，而許多事實則取決於傑佛遜先生和他家人的反應、言詞和動作，以及他們的感覺、表現和他們談到的事。愛德華，我現在要問你的是內幕消息，那些只有你才可能知道的事。你了解你主人的情緒，透過觀察，你也許知道引起這些情緒的原因。我現在不是以警察的身分，而是以傑佛遜先生的朋友身分向你提出這些問題。也就是說，如果我認為你告訴我的情況與本案無關，那麼我就不會告訴警方。」

他停下來。

愛德華小聲說：「我明白您的意思，先生。您要我非常坦率地說，說那些在一般情況下不該說的事情，而那些事情，請原諒，先生，您作夢也想不到。」

亨利爵士說：「你很聰明，愛德華，這正是我的意思。」

愛德華沉默了一會兒，然後開口說：「當然，到現在我已經非常了解傑佛遜先生，我跟了他很多年。我見過他『冷靜』的時候，也見過他『激動』的時候。先生，有時候我不禁自問，像傑佛遜先生那樣與命運抗爭，是否對本身有益？他為此付出了可怕的代價，先生。如果他有時退讓一下，做一個苦悶、孤獨、潦倒的老人，那麼最終或許對他更好。但他太驕傲了，絕不會這樣做！他要繼續抗爭，這是他的座右銘。

「但是，這樣做會引起很多緊張的反應，亨利爵士。他看起來是個脾氣溫和的人。可是我見過他勃然大怒、氣得幾乎說不出話來的樣子。先生，最能夠引起他憤怒的原因，是欺騙……」

「愛德華，你這樣說有特別的原因嗎？」

「有的，先生。您剛才要求我坦言相告？」

「我是這個意思。」

「好吧，亨利爵士，在我看來，那女子根本不值得傑佛遜先生如此鍾愛。坦率地說，她是個平凡的小傢伙，而且她一點也不在意傑佛遜先生。那些關愛和感激都是胡扯，都是她裝出來的。我並不是說她有惡意，但她遠遠不是傑佛遜先生所想的那個樣子。說起來好笑，先生，因為傑佛遜先生是個精明的人，他不常被人愚弄。然而一涉及年輕的女人，男人的判斷力就失靈了。你知道，他一直從小傑佛遜夫人那裡尋求精神慰藉，但今年夏天她有了變化。

他注意到了，心裡非常難受，他喜歡她。至於馬克先生，他向來不怎麼喜歡。」

亨利爵士插話說：「不過他一直把他留在身邊？」

「是的，但那是由於羅莎美小姐的緣故，也就是加斯凱夫人。她是他的心肝寶貝，他鍾愛她。馬克先生是羅莎美小姐的丈夫。他一直這樣看待他。」

「假使馬克先生和別人結婚呢？」

「傑佛遜先生會非常生氣，先生。」

亨利爵士揚起眉毛。

「反應這樣激烈？」

「他不會表現出來，不過情況必是如此。」

「如果傑佛遜夫人再婚呢？」

「傑佛遜先生同樣不會喜歡的，先生。」

「請說下去，愛德華。」

「我是說，傑佛遜先生迷上了這個年輕女子。在我服侍過的男士身上，我常見到這種事發生。那好像是某種專門襲擊他們的疾病。他們想保護她、守護她、大施恩惠於她，而十之八九，那些女孩都很有能力照顧自己，並且善於謀取私利。」

「那麼你認為露比・基恩是個陰謀份子？」

「嗯，亨利爵士，她很年輕，沒有經驗，但是可以這麼說……當她使出渾身解數時，她具有成為一個高明陰謀份子所需要的素質！再過五年，她會成為這種遊戲的高手！」

亨利爵士說：「我很高興了解你對她的看法，這很有價值。你記得傑佛遜先生和他的家人討論過這件事嗎？」

「沒有什麼討論，先生。傑佛遜先生只宣布他的想法，不許有任何反對。就是說，他不讓心直口快的馬克先生開口。傑佛遜夫人沒說什麼，她是個文靜的女士，只是勸他不要匆忙做出任何決定。」

亨利爵士點點頭。

「還有嗎？那女孩的態度呢？」

這位貼身男僕的不滿顯而易見。

他說：「我應該說她喜孜孜的。」

「啊，喜孜孜的，是這樣嗎？愛德華，你有什麼理由判斷，」他在搜尋一個愛德華能接受的用語。「呃，她另有所愛嗎？」

「傑佛遜先生不是求婚，先生，他只是準備收養她。」

「去掉這個問題裡的『另』字呢？」

貼身男僕慢慢說：「有一件事，先生，我碰巧撞上了。」

「太好了，快說。」

「或許這件事不能說明什麼，先生。有一天，那年輕女子碰巧打開她的手提包，一張照片從裡面滑落出來。傑佛遜先生一把抓了過去，他說：『喂，小貓，這是誰，嗯？』

「這是一張年輕人的照片，先生，一個皮膚黝黑的年輕人，頭髮相當凌亂，領帶不整。

「基恩小姐假裝對此事一無所知。她說：『我不知道，傑佛遜，一點也不知道。我不知道它怎麼會在我的手提包裡。不是我放在那兒的！』

「傑佛遜先生不是傻瓜。這個解釋不夠充分。他看起來很生氣，眉毛緊鎖，粗聲粗氣地說：『少來了，小貓，少來了。你十分清楚他是誰。』

「她立刻見風轉舵，先生，而且看起來很害怕。她說：『現在我認出來了。他有時來飯店，我和他跳過舞。我不知道他的名字。一定是這個白癡有一天把照片塞進我的手提包裡。這些男孩就會幹這種蠢事！』她把頭往後一仰，咯咯一笑，讓這件事就這麼過去了。但是這個故事編得不太圓滿，對吧？我認為傑佛遜先生不太相信。這件事之後，他有一兩次用犀利的目光看她。有時候，她從外面回來，他會問她去了什麼地方。」

亨利爵士說：「你在飯店見過那張照片上的人嗎？」

「沒有，先生。我很少到樓下的公共場所去。」

亨利爵士點點頭。他又問了幾個問題，但是愛德華再沒有什麼可以告訴他了。

§

在戴恩茅斯警局，哈珀主任正在盤問潔西・戴維斯、芙蘿蘭・史莫、碧雅翠・韓尼克、瑪麗・普賴斯和莉蓮・里奇威。

這幾個女孩年齡相仿，只是智力稍有差異。她們分別是郡裡的、農民的、店主的女兒。每個人說的故事都一樣，潘蜜拉・里福斯和往常一樣，只說她要去伍沃思，然後搭晚些時候的公車回家，此外沒有對任何人說什麼。

哈珀主任辦公室的角落坐著一位老婦人。女孩們幾乎沒有注意到她。如果她們看到她，或許會想知道她是誰。她必定不是女警。她們可能會認為她和她們一樣，是來這裡接受盤問的證人。

最後一位女孩被帶了出去。哈珀主任揩揩額頭，然後轉身看看瑪波小姐。他的眼神充滿疑惑，不含希望。

瑪波小姐卻乾脆地說：「我要和芙蘿蘭・史莫談談。」

主任揚起眉，他點點頭，按了一下鈴。一名警員出現了。

哈珀說：「芙蘿蘭・史莫。」

那女孩又被剛才那名警員領了進來。

她是個富裕的農場主人之女，高個子，金髮，有一張十分難看的嘴和一雙驚恐的褐色眼睛。她雙手交纏，神情緊張。

哈珀主任看看瑪波小姐，後者點點頭。主任起身說：「這位女士要問你幾個問題。」

他走出去，隨手把門關上。

芙蘿蘭不安地看了一眼瑪波小姐，那眼神十分像她父親養的一頭小牛。

瑪波小姐說：「坐下，芙蘿蘭。」

芙蘿蘭．史莫順從地坐下。不知不覺的，她突然感覺自在多了，沒有先前那麼不安。警察局中，陌生恐怖的氣氛不見了，取而代之的是某個慣於發號施令的人所發出的熟悉命令。

瑪波小姐說：「芙蘿蘭，你明白嗎？了解潘蜜拉去世當天所有的活動非常重要。」

芙蘿蘭小聲說她非常明白。

「我相信你會盡力幫助我們？」

當芙蘿蘭表示肯定時，她的眼神也隨之警覺起來。

「隱瞞任何一條線索都是非常嚴重的違法行為。」

女孩的手指在大腿上緊張地纏繞。她嚥了一兩次口水。

瑪波小姐繼續說：「我知道，和警方接觸自然會使你驚慌。你會害怕因為沒有及早說出實情而受到責備。可能還害怕因當時沒有阻止潘蜜拉而受到責備。但是你必須做個勇敢的女孩，把情況和盤托出。如果你現在隱瞞不報，問題就確實非常嚴重，非常嚴重，實際上是偽證罪。因此，你也知道，你會被送進監獄。」

「我，我不……」

瑪波小姐厲聲說：「不要支支吾吾，芙蘿蘭！趕快把一切告訴我！潘蜜拉不是去伍沃思，對吧？」

芙蘿蘭乾燥的舌頭舔著嘴唇，她像隻待宰的困獸哀求般地看著瑪波小姐。

「和電影有關的事，對吧？」瑪波小姐問。

芙蘿蘭的臉上閃過放鬆下來和敬畏的表情。她不再壓抑，她喘著氣說：「哦，對！」

「我想也是。」瑪波小姐說，「現在請把所有的細節告訴我。」

芙蘿蘭滔滔不絕地說起來。

「哦！我一直很擔心。你知道，我對潘蜜拉發過誓，絕不對任何人說一個字。後來有人發現她在那輛燒毀的汽車裡……哦！太可怕了，我想我應該去死，我覺得全都是我的錯。我當時應該阻止她。只是我根本沒有想到，一點也沒有想到哪裡不對勁。後來有人問我，那天她是否和平常完全一樣，我脫口說『是的』，連想也沒有想。因為當時我什麼也沒說，所以我不知道後來還能說什麼。還有，我真的什麼也不知道，真的，除了潘蜜拉告訴我的那些。」

「潘蜜拉對你說了什麼？」

「當時我們正走在前往公車站的小路上，在前往集會的途中。她問我能不能保密，我說能。她要我發誓絕不說出去。她說集會後她要去戴恩茅斯試鏡！她結識了一位電影製片，剛從好萊塢回來。他需要某種類型的演員，說潘蜜拉正是他要找的人。不過他提醒她別抱太大希望。他說只有看到一個人上鏡後的情況才能知道。或許根本不怎麼樣。他說是個伯格娜之類的角色，需要非常年輕的人來扮演。她飾演一位跟著詼諧劇藝術家四處遊走、在事業上獲得極大成功的女學生。潘蜜拉在學校演過戲，而且演得很棒。那名製片說他看得出來她會演戲，但是她必須接受一些密集訓練。他告訴她，拍電影不全是吃喝玩樂，工作會很辛苦，問她是否能堅持。」

芙蘿蘭停下來喘了口氣。瑪波小姐聽著這無數小說和劇本寫過的翻版改編故事，心裡很不是滋味。潘蜜拉．里福斯和絕大多數的女孩子一樣，一定都被警告過不要和陌生人交談，但是電影的魅力抹滅了這些忠告。

「他對這件事情是絕對認真的。」芙蘿蘭繼續說，「他說如果試鏡成功，就會讓她簽份合約，還說因為她很年輕、沒有經驗，所以應該在簽字前請律師看看，但不要說是他說的。他問她是否會在她父母那裡碰到麻煩，潘蜜拉說或許會有麻煩，他說：『唉，當然了，像你這樣年輕的人總是有困難。不過我想，如果能讓他們明白這是千載難逢的機會，他們就會理解的。』但是無論如何，他說要等到試鏡之後才有必要討論這些問題，如果不成功也不要失望。他對她講起好萊塢和費雯麗，說她如何一夜之間席捲倫敦，說這些轟動性的一舉成名是如何發生的。他本人從美國回來後，進入萊姆維爾電影製片廠，他說要為英國的電影業注入活力。」

瑪波小姐點點頭。

芙蘿蘭繼續說：「一切都安排妥當。潘蜜拉在集會結束後去戴恩茅斯，在他下榻的飯店和他見面，然後他帶她去製片廠（他說他們在戴恩茅斯有一家小攝影棚）。試完鏡後她可以搭公車回家。她可以說她逛街去了；幾天後，他便會告訴她試鏡結果，如果令人滿意，他們的老闆哈姆斯先生會到她家和她的父母談談。

「嗯，當然啦，這些聽起來太棒了，我羨慕得要命！潘蜜拉不動聲色地參加完集會……我們總說她那張臉永遠沒有表情。後來，當她說她要從戴恩茅斯去伍沃思的時候，向我眨了眨眼。

「我看著她沿著小徑出發。」芙蘿蘭開始哭起來。「我應該阻止她的，我應該阻止她的，我應該想到這種事不可能是真的，我應該告訴某個人！天啊，但願死的是我！」

「沒事了，沒事了。」瑪波小姐輕輕拍著她的肩膀。「沒有關係，不會有人怪你，你告訴我這件事，做得很對。」

她用了幾分鐘使那孩子轉悲為喜。

五分鐘後，她把事情的原委告訴了哈珀主任。主任的表情非常嚴峻。

「狡猾的傢伙！」他說，「老天爺明鑑，這一次我一定讓他插翅難逃。這使案情大為改觀了。」

「是的，是這樣。」

哈珀斜視著她。

「您不覺得吃驚？」

「我已經猜到是這類的事。」

哈珀主任好奇地說：「是什麼引起您特別注意這個女孩？她們看起來都怕得要死，在我看來，根本無法從中篩選出關鍵人物。」

瑪波小姐柔聲說：「撒謊的女孩您接觸的沒我多。如果您記得，芙蘿蘭正眼看著你，僵硬地站著，腳動個不停，和其他人一樣。但是您沒有察覺她出去時的樣子。我當時立刻看出她有事瞞著。撒謊的人總是放鬆得太快。我的小女傭珍妮就是這樣。她會令人信服地解釋剩下的蛋糕被老鼠吃了，但是出門時，她臉上得意的笑讓她露了馬腳。」

「非常感謝您。」哈珀說。

他若有所思地又說：「萊姆維爾製片廠，是嗎？」

瑪波小姐一言不發。她站起身。

「恐怕我得馬上離開。」她說，「能幫助您我非常高興。」

「你回飯店嗎？」

「是的，去收拾行李。我必須盡快趕回聖瑪莉米德。在那裡我有很多的事情要做。」

／15

瑪波小姐穿過她客廳的落地窗，輕快地走過整齊的花園小徑，出了花園的一扇門，拐進牧師公館的花園柵門，穿越牧師公館花園，然後走近客廳的窗前，輕輕地叩響玻璃窗。

牧師正在他的書房為星期日的布道做準備，而他年輕漂亮的妻子則欣賞著在爐前地毯上玩耍的兒子。

「我能進來嗎，格賽達？」

「哦，進來吧，瑪波小姐。你看大衛！他氣壞了，因為他只會倒著爬。他想拿東西，結果愈努力愈往後，退進了煤箱！」

「他長得好健康可愛，格賽達。」

「他不賴吧？」年輕的母親說，努力做出不在意的表情。「當然我不太管他，所有的書都說，應該盡可能讓小孩獨處。」

「這很明智，親愛的。」瑪波小姐說，「嗯，我來是想問問，目前你有沒有在進行什麼特別的活動募捐。」

牧師的妻子有些吃驚地看著她。

「哦，多得是。」她愉快地說，「總是有的。」

她搬弄手指數了起來。

「有教堂中殿修復基金、聖吉爾斯布道團、下個星期三的工藝品義賣會、未婚母親、男童子軍郊遊、縫紉工會、主教為遠海漁民的呼籲。」

「哪個都行。」瑪波小姐說，「你知道，我想我可能要攜帶一個本子幫你做一次小小的募捐，如果你同意的話。」

「你有事瞞著我嗎？我想你一定有事。我當然同意。那就參加工藝品義賣會吧。能拿到一些實實在在的錢太好了，而不是那些亂七八糟的小香袋、滑稽可笑的鉛筆擦，還有令人沮喪的兒童外衣和風衣，全都做得像玩具娃娃穿的。」

格賽達陪客人走到窗口，她接著說：「我猜你不想告訴我這是怎麼回事？」

「親愛的，以後再告訴你。」

瑪波小姐說完急匆匆地走了。

年輕的母親嘆口氣回到爐前地毯，在嚴格的不理會原則下，她用頭頂撞了兒子的小肚子三次，結果兒子抓住她的頭髮，一邊扯一邊高興地大叫。隨後他們亂玩一團地滾來滾去，直到門被打開，女傭對最有影響力的一位教區居民宣布（他不喜歡孩子）：「夫人在這裡。」

於是格賽達坐起來，盡力表現出莊嚴的樣子，並使自己看起來更像一個牧師娘。

§

瑪波小姐手中緊緊攥著一個小小的黑色筆記本，裡面有鉛筆寫的紀錄。她沿著村裡的街道快步走到十字路口，然後向左拐，經過藍野豬旅館，一直走到查茲沃思，別名「普克先生的新屋」。

她拐進大門，走上去輕快地叩響前門。

開門的是那位名叫黛娜．李的年輕金髮女子。她沒有平常打扮得那麼仔細，事實上她看起來有點邋遢。她穿著一件翠綠色的套頭毛衣和寬鬆的灰色長褲。

「早安。」瑪波小姐輕快地說，「我可以進來一會兒嗎？」

她說話時身體往前探，使得對她的來訪有些驚訝的黛娜．李沒有時間做出決定。

「太謝謝你啦。」

瑪波小姐說，同時親切地朝她微笑，然後小心翼翼地在一張「古典」的竹椅上坐下。

「就這個季節來說，天氣相當暖和，不是嗎？」瑪波小姐說，態度還是親切友好。

「是，很暖和。哦，非常暖和。」李小姐說。

她不知該如何應付目前的情況，於是打開一個菸盒向客人遞過去。

「呃，抽菸嗎？」

「非常感謝，不過我不抽菸。你知道，我是想為我們下星期的工藝品義賣會尋求幫助。」

「工藝品義賣會？」黛娜．李說，彷彿在重複一個外語。

「在牧師公館，」瑪波小姐說，「下星期三。」

「哦！」李小姐張開嘴。「恐怕我不能……」

「捐一點都不行？也許半克郎[9]？」

瑪波小姐拿出她的那個小本子。

「哦，呃，好吧。我想這個我可以做到。」

那女子的神情頓時放鬆下來，回頭在手提包裡翻找。

9 克郎（crown），一九七一年以前的英國銀幣名，一克郎約值八分之一英鎊。

瑪波小姐敏銳地打量四周。她說：「我發現你們這裡沒有爐前地毯。」

黛娜．李轉過身來盯著她，意識到這名老婦人在敏銳地觀察她，不過這只引起她稍微的不快。

瑪波小姐看了出來。她說：「你知道，這很危險。火星濺出來會弄髒地毯。」

可笑的老處女，黛娜想，不過她仍然親切含糊地說：「以前有一塊。我不知道它跑哪裡去了。」

「我猜，」瑪波小姐說，「是蓬鬆、毛茸茸的那種？」

「羊毛，」黛娜說，「看起來像羊毛。」

現在她被逗樂了。她想，眼前顯然是一個古怪的老太婆。

她拿出一枚半克郎硬幣。

「給你。」她說。

「哦，謝謝你，親愛的。」

瑪波小姐接過來，然後打開小本子。

「呃，我應該寫什麼名字？」

黛娜的眼神突然變得嚴厲而蔑視。

愛管閒事的老處女，她想，這是她來這裡的目的，四處探聽醜聞！

她一字一頓、惡意歡快地說：「黛娜．李小姐。」

瑪波小姐沉穩地看著她，說：「這是白卓．卜勞克的房子，對嗎？」

「對，而我是黛娜．李小姐。」

她挑戰似的說完，頭往後一仰，藍眼睛閃閃發光。

瑪波小姐非常鎮靜地看著她說：「你或許認為我這樣做很不禮貌，但請允許我給你一些忠告好嗎？」

「我認為這樣很不禮貌，你最好什麼也不要說。」

「不過，」瑪波小姐說，「我還是要說。我想好好勸你，不要繼續在村裡使用你未婚前娘家的姓。」

黛娜目不轉睛地看著她，說：「你……你這是什麼意思？」

瑪波小姐認真地說：「也許你很快就會急著尋索同情和善意。還有，人們對你丈夫持有正面看法對他很重要。在落後的鄉下，人們對未婚同居的人存有偏見。我想你們倆正假裝扮演這樣的角色，而且樂在其中。這樣做可以疏遠別人，可以免於遭受你們所謂『老古董』的打擾。不過，老古董自有他們的用處。」

黛娜問：「你怎麼知道我們已經結婚了？」

瑪波小姐不以為然地笑了笑。

「哦，親愛的。」她說。

黛娜追問：「不，你是怎麼知道的？你去過……去過薩默塞特教堂吧？」

瑪波小姐的眼睛頓時一亮。

「薩默塞特教堂？哦，沒去過。不過很容易猜到。你知道，在村裡什麼事情也瞞不住。呃，你們之間的那些爭吵，是結婚初期的特徵，非常、非常不像不合法的關係。你知道，人們常說（而且我認為很正確），只有當你和他結了婚，你才能真正激怒他。如果沒有……沒有合法的契約，大家就會十分小心謹慎，會時刻讓自己相信一切都那麼幸福、美好，他們不敢吵架！而結了婚的人則對打架、和解相當樂此不疲。」

她停下來，眼中溢出柔和的光。

「這個，我……」黛娜笑了，坐下來點燃一根菸後繼續說：「為什麼你要我們承認這個事實？」

瑪波小姐表情嚴肅地說：「因為你丈夫隨時可能因為謀殺罪而被逮捕入獄。」

§

黛娜目不轉睛地看了她一會兒，然後不相信地說：「白卓？謀殺？你在開玩笑吧？」

「不，是真的。你沒看報紙嗎？」

黛娜屏住了氣。

「你指的是尊皇飯店的那個女孩？你的意思是，他們懷疑白卓殺了她？」

「是的。」

「胡說八道！」

外面傳來汽車的轟轟聲和甩大門的砰砰聲。門被推開了，白卓・卜勞克抱著幾個瓶子走了進來。

他說：「我買了琴酒和苦艾酒，你……」

他停下來，難以置信地看著那位腰背挺直、面容嚴肅的來訪者。

黛娜喘著氣大聲說：「她瘋了嗎？她說你謀殺露比・基恩那個女孩，就要被逮捕了。」

「哦，天啊！」

白卓・卜勞克喊道，瓶子從手臂滑落到沙發上。他搖搖晃晃地走到一張椅子前，倒在上頭，同時把臉埋在手裡，嘴裡不停地說：「哦，天啊！哦，天啊！」

黛娜衝向他，抓住他的雙肩。

「白卓，看著我！這不是真的！我知道不是真的！我根本不相信！」

他的手向上握住了她的手。

「謝謝你，親愛的。」

「可是他們為什麼認為……你甚至不認識她，對吧？」

「哦，不，他認識她。」瑪波小姐說。

白卓勃然大怒說：「住嘴，你這個醜老太婆。聽著，親愛的黛娜，我和她一點也不熟，只是在尊皇飯店碰到過一兩次，這樣而已，我發誓就這樣而已。」

黛娜迷惑不解地說：「我不明白……可是別人為什麼懷疑你？」

白卓開始呻吟，雙手遮住眼睛，身體來回搖擺。

瑪波小姐說：「你把那個爐前地毯怎麼處理了？」

他面無表情地回答：「我把它扔進垃圾箱。」

瑪波小姐嘴裡發出惱火的嘖嘖聲。

「真蠢，太蠢了。一般人不會把好的爐前地毯放進垃圾箱。我猜上面有她衣服上掉下來的金屬亮片？」

「是的，我弄不下來。」

黛娜叫嚷：「你們兩個在說什麼啊？」

白卓繃著臉說：「問她吧，她好像什麼都知道。」

「如果你願意，我可以告訴你我猜測的事。」瑪波小姐說，「如果我說得不對，卜勞克先生，你可以更正。我想，你在一場派對上和妻子大吵一頓後，而且可能……呃，也喝得不少，你開車回到這裡。我不知道你什麼時候到家的……」

白卓·卜勞克板著面孔說：「大約凌晨兩點。我本來想先進城，但是車開到郊區時我改變了主意。我想黛娜或許會和我回到這裡，於是就開車到了這裡。四周一片漆黑，我打開門，開了燈，我看見……我看見……」他哽塞了。

瑪波小姐接著說：「你看見爐前地毯上躺著一個女孩，一個身穿白色禮服的女孩，被勒死了。我不知道你當時認出她沒有……」

白卓·卜勞克使勁地搖頭。

「看了一眼後我再也不敢看，她的臉又青又腫。她已經死了一些時候了，就在那邊，在我的房子！」

他不寒而慄。

瑪波小姐溫柔地說：「當然，你當時神智不清。你爛醉如泥，膽量又小。我想你當時嚇個半死，不知所措。」

「我想黛娜隨時都會回來。她會發現我和一具屍體……一個女孩的屍體在一起，會認為我殺了她。後來我想到一個主意，不知道為什麼，當時我認為這似乎是個好主意，我想，我何不把她放進老班崔的藏書室。那個該死而自負的老頭，總是低眼看人，譏笑我藝術氣、女人氣。我想，這回這個自負的老畜生活該。等他在他的爐前地毯上發現一個漂亮女人的屍體，他一定會像個傻瓜。」他又可憐兮兮地急於解釋，「你知道，當時我有點醉了，這件事在我看來十分有趣……老班崔和一個金髮女人的屍體。」

「是啊，是啊。」瑪波小姐說，「和小湯米·邦德的主意差不多。這個小男孩很敏感，有自卑情結。他說老師總是看他不順眼。他在時鐘裡放了一隻青蛙，後來青蛙從裡面朝老師撲過去。你也一樣，」瑪波小姐說，「當然，只不過用屍體比青蛙更嚴重。」

白卓又開始呻吟。

「到早上我清醒了。我意識到自己做的事，怕得要命。後來，警方來了，又一個該死而自負的蠢驢……警察局長。我怕他怕得要命，掩飾的唯一辦法就是表現得極端粗暴無禮。和他們談到一半時，黛娜開車回來了。」

黛娜向窗外望去。她說：「有輛車開過來了……裡面有幾個男人。」

「我想是警方。」瑪波小姐說。

白卓·卜勞克站起來。突然間他變得非常平靜、果斷，甚至笑了。他說：「好吧，我必須受到懲罰，對吧？沒關係，黛娜寶貝，保持鎮靜。和老席姆斯聯絡，他是家庭律師，去母親那裡，把我們結婚的事都告訴她。她不會吃掉你的。不要著急，我沒有殺她。所以一定沒事的，明白嗎，甜心？」

屋外響起了敲門聲。白卓喊道：「進來。」

史萊克警官和另一個人走了進來，他說：「你是白卓・卜勞克先生？」

「是。」

「我這裡有一張拘捕你的逮捕令。你被指控在九月二十一日晚上謀殺了露比・基恩。我提醒你，你說的任何話都可能成為呈堂證供。現在請跟我走，我們會給你提供一切方便，讓你和律師聯繫。」

白卓點點頭。

他看著黛娜，但是並未碰她。他說：「再見，黛娜。」

冷靜的傢伙，史萊克警官想。

他向瑪波小姐微微鞠躬，道了聲「早安」，暗地裡想：「聰明的老貓，她已經知道了！

我們做得漂亮，找到了那個爐前地毯，我們還從製片廠的停車場管理員那裡得知他是十一點離開派對，不是午夜。我們不認為他的朋友故意做偽證。他們都喝醉了，而卜勞克第二天堅持說他是十二點離開，所以他們相信了他。好了，這一回他徹底完了！我想他精神有毛病！不能用絞刑，只能關在布羅德摩爾。先是那個里福斯的孩子，可能他先勒死她，然後開車把屍體運到採石場，之後走回戴恩茅斯，在某個偏僻小道取回自己的車，趕去參加派對，然後再回到戴恩茅斯，把露比・基恩帶到這裡，勒死她之後把她放到老班崔的藏書室，後來可能又擔心採石場的那輛車，於是開車回到那裡，放火燒車，再回到這裡。他是個瘋子，充滿性欲和嗜血欲望，幸運的是，這個女孩逃脫了。我想是他們所說的復發性狂躁症。」

最後，屋裡只剩下瑪波小姐，黛娜．卜勞克轉向她說：「我不知道你是幹什麼的，但是你必須明白，那不是卜勞克幹的。」

瑪波小姐說：「我知道不是他。我知道是誰做的案。但是要證明並不容易。我有一個想法，剛才你提到的一件事可能有幫助。它使我想起我一直在努力尋找的一個關聯，那是什麼來著？」

16

「亞瑟，我回來了！」

班雀太太推開小書房的門大聲說道，好像在宣布王室詔告。

班雀上校立刻跳起來親吻他的妻子，熱情地說：「好，好，太好了！」

他的話無可挑剔，舉止也無懈可擊，但這騙不了做了多年溫存妻子的班雀太太。她馬上說：「出什麼事了？」

「沒有，桃莉，當然沒有。會出什麼事？」

「哦，不知道。」班雀太太含糊地說，「很多事都十分古怪，不是嗎？」

她扔下外衣，班雀上校小心拾起，把它放在沙發背上。

一切都和往常一樣，但又不一樣。班雀太太覺得她的丈夫似乎縮小了。

他看起來更瘦，而且腰更彎了，他的眼睛下面出現了眼袋，眼神躲躲閃閃的，不願意正視她。

他仍舊愉快地說：「嗯，在戴恩茅斯玩得高興嗎？」

「哦！很好玩。你也應該去的，亞瑟。」

「我走不開，親愛的，這兒有許多事情要做。」

「不過，我還是認為改變一下環境對你有好處。你喜歡傑佛遜一家嗎？」

「喜歡，喜歡，可憐的人。他是一個好人，一切都太悲慘了。」

「我走以後你都做了些什麼？」

「哦，沒什麼。你知道，我去了農場，同意安德森換個新屋頂，舊的已經破爛得無法再補了。」

「拉德福郡會議進展如何？」

「我，呃，事實上我沒去。」

「沒去？可是你是會議主席啊？」

「嗯，實際上，桃莉，這件事情似乎出了一點差錯。他們問我，會不會介意換成湯普森先生。」

「這樣啊。」班崔太太說。

她摘下一隻手套，故意把它扔進廢紙簍。她的丈夫走過去撿，被她攔住。她厲聲說：

「別動，我討厭手套。」

班崔上校不安地看了她一眼。

她嚴肅地問：「星期四你和達夫一家吃晚飯了嗎？」

「哦，那件事啊！延期了。他們的廚師病了。」

「一堆傻瓜。」班崔太太說。

接著她又問：「昨天你去內勒家了嗎？」

「我打電話告訴他們我沒辦法去，希望他們原諒，他們非常諒解。」

「他們諒解，是嗎？」班崔太太冷言道。

她在書桌旁邊坐下，心不在焉地拿起一把園藝剪刀，然後把第二隻手套的手指一隻隻剪掉。

「你幹什麼，桃莉？」

「我心情很壞。」班崔太太說。

她站起來。

「亞瑟，晚飯後我們去哪兒坐，藏書室？」

「這個，呃，我看不好，你說呢？這裡很不錯，或者客廳。」

「我覺得，」班雀太太說，「我們應該去藏書室！」

她坦然地看著他。

班雀上校挺直腰桿，眼睛裡冒出了火花。他說：「你說得很對，親愛的。我們去藏書室吧！」

§

班雀太太放下電話話筒，懊惱地嘆口氣。她已經撥過兩次，每次的回答都一樣：瑪波小姐不在。

班雀太太天生是個急性子，從不服輸。在短時間內她連續撥電話給牧師、普萊絲・雷里夫人、哈娜小姐、衛瑟碧小姐，最後她撥通了魚販的電話，由於其地理位置的優勢，他通常知道村裡每個人的去處。

魚販表示十分抱歉，他說，今天早上在村裡根本沒有看到瑪波小姐。她並沒有按往常的路線活動。

「這女人會在哪裡呢？」班雀太太不耐煩地大聲說。

這時她背後傳來咳嗽聲。

謹慎的駱理默小聲說：「夫人，您是問瑪波小姐嗎？我看見她正朝家裡走來。」

班崔太太直奔前門，猛地推開門，上氣不接下氣地招呼瑪波小姐。

「我正在到處找你。你去哪兒了？」她回頭瞥了一眼，駱理默已經小心翼翼地走開了。

「情況變糟了！人們開始冷落亞瑟，他看起來老了好幾歲。珍，我們必須想想辦法，你必須想想辦法！」

瑪波小姐說：「桃莉，你不要著急。」

她的聲音聽起來很特別。

班崔上校出現在書房門口。

「啊，瑪波小姐，早安。很高興你來了，我太太像瘋子一樣打電話找你。」

「我想我最好親自來告訴你這個消息。」瑪波小姐說，她跟著班崔太太走進書房。

「消息？」

「白卓·普克因為謀殺露比·基恩小姐，已經在剛才被捕了。」

「白卓·卜勞克？」上校喊起來。

「但他不是凶手。」瑪波小姐說。

班崔上校並未注意到這句話，甚至可能沒聽到。

「你的意思是說，他勒死了那個女孩，然後把她放到我的藏書室？」

「他把她放進了你的藏書室，」瑪波小姐說，「但是他沒有殺她。」

「胡扯！如果是他把她放進我的藏書室，那一定是他殺的！這兩件事是一起的。」

「不一定。他發現她死在自己的屋子裡。」

「說得倒像是一回事。」上校嘲弄道，「如果你發現一具屍體，你會怎麼辦？如果你是個誠實的人，自然會打電話報警。」

「啊，」瑪波小姐說，「但是，班崔上校，不是每個人都有你那樣大的勇氣。你屬於守舊派。年輕的一代不一樣。」

「沒有毅力。」上校說，這是他的老生常談。

瑪波小姐說：「有些年輕人生活經歷坎坷。我聽說過不少白卓的事，他做過消防工作，當時他只有十八歲，衝進一棟燃燒的房子裡，把四個孩子一一救了出來。雖然別人對他說不安全，他還是回頭又去救一隻狗，結果房子塌了，他被壓在裡面。人們把他救了出來，但是他的胸部受到嚴重擠壓，不得不打上石膏，臥床將近一年。之後他又病了很長一段時間，也就是這個時候，他開始對設計產生了興趣。」

「哦！」上校咳嗽了一聲，擤了擤鼻子。「我……呃，從不知道這些事。」

「因為他從不談這些事。」瑪波小姐說。

「呃，對，高尚的品格。這樣的年輕人一定比我想像的還多。以前我總認為他逃避出征。這說明我們以後下結論時應該謹慎。」

班崔上校面露愧色。

「雖然如此，」他又義憤填膺。「為什麼他要把謀殺的罪名栽在我頭上？」

「我不認為這是他的本意。」瑪波小姐說，「他把它看成是一個……一個玩笑。當時他醉得很厲害。」

「他喝醉了？」班崔上校說，口氣裡帶著英國人對酗酒者的那種同情。「哦，那麼，不能憑一個人醉酒時的所作所為來判斷他。我記得我在劍橋的時候，把某樣用具放在……好啦，好啦，不說了。為此我挨了一頓倒楣的臭罵。」

他笑出聲來，接著嚴厲地克制住自己。

他看著瑪波小姐，目光敏銳犀利。他說：「你認為他不是凶手嗎？」

「我確定他不是。」

「那麼你知道是誰？」

瑪波小姐點點頭。

班崔太太欣喜若狂，宛如一個希臘合唱團團員對著一個聽不見的世界放聲說道：「她很棒，是不是？」

「凶手是誰？」

瑪波小姐說：「我正要請你幫忙。我想，如果我們去薩默塞特教堂走一趟，就會有一個非常圓滿的答案。」

／17

亨利爵士的表情非常嚴肅。他說：「我不喜歡這個主意。」

瑪波小姐說：「我知道這不屬於您所說的正統做法。但是弄清楚這一點十分重要，就像莎士比亞說過的『確鑿再確鑿』。我想，如果傑佛遜先生同意……」

「哈珀呢？他參與嗎？」

「他知道太多未必對他有好處。不過您或許可以給他一個暗示：監視某些人，然後跟蹤他們。」

亨利爵士緩緩說：「好，這個做法可行……」

§

哈珀主任眼神犀利地看著亨利・克什林爵士。

「讓我們把這點說清楚，先生。您在暗示我……」

亨利爵士說：「我在告訴你我朋友剛剛告訴我的事，這事不是祕密，他打算明天去拜訪戴恩茅斯的一位律師，以便重新立一份遺囑。」

主任的濃眉緊鎖，眼神沉著穩定。

他說：「康偉・傑佛遜先生打算把這件事告訴他的女婿和兒媳婦嗎？」

「他打算今晚告訴他們。」

「我明白了。」

主任用筆桿敲著桌面。

他重複道：「我明白了……」然後又一次逼視對方說：「那麼，您對逮捕白卓・卜勞克這件事不滿意？」

「你滿意嗎？」

主任的小鬍子微微顫動，他問：「瑪波小姐滿意嗎？」

兩個人相互對視。

接著哈珀說：「這件事情就交給我了。我會派人去。我向您保證，他們絕對不敢掉以輕心的。」

亨利爵士說：「還有一件事。你最好看看這個。」

他打開一張紙，把它從桌面上推了過去。

這一次，主任的鎮靜蕩然無存。他吹了聲口哨。

「是這樣嗎？這使整個情況完全改觀了。你們是怎麼發現的？」

亨利爵士說：「女人永遠對婚姻感到興趣。」

主任說：「特別是上了年紀的單身女人。」

§

當他的朋友進來時，康偉・傑佛遜抬起頭。

他陰沉的臉上頓時綻放微笑。

他說：「哦，我對他們說了。他們很能接受。」

「你麼說的？」

「我對他們說，既然露比已經死了，我覺得應該把最初留給她的五萬英鎊用在紀念她的事情上。我準備把它捐給倫敦一家專為年輕職業女舞者服務的青年旅社。愚蠢的方式，他們竟然沒有反對，這讓我吃驚。好像他們知道我會這樣做似的！」

他沉吟道：「你知道，我為那個女孩愚弄了自己，變成了一個愚蠢的老頭。現在我明白了。她是一個漂亮的小孩，然而我對她的多數看法都是自己的想像。我假裝她是另一個羅莎美。你知道，膚色相同，但是心或思想不同。把那張報紙遞給我，上面有一道很有意思的橋牌題目。」

§

亨利爵士下了樓，向行李員問了個問題。

「您是問加斯凱先生嗎？他剛開車走了，去倫敦。」

「哦！這樣啊。傑佛遜夫人在嗎？」

「先生，傑佛遜夫人剛上床休息。」

亨利爵士朝大廳繼而又朝舞廳望去。

大廳裡，雨果．麥克林正在填一道字謎遊戲，眉頭緊皺。

舞廳裡，喬希正與一位矮胖、大汗涔涔的男人跳舞，只見她勇敢地看著對方的臉微笑，同時腳下靈活地躲避對方毀滅性的踩踏。那胖男人顯然跳得很開心。

優雅且疲倦的雷蒙在和一位看起來患有貧血症的女孩跳舞，那女孩的褐色頭髮沒有一絲光彩，穿著一件昂貴但非常不合身的衣服。

亨利爵士呢喃：「好吧，上床休息。」

說完他朝樓上走去。

§

三點鐘。風停了，月光照在平靜的海面。

康偉．傑佛遜半枕在枕頭上，房間裡只有他自己沉重的呼吸聲。

沒有一絲微風侵擾窗簾，可是它們動了……而且瞬間被分開了。月光下出現了一個人影，然後它們又闔上了。一切恢復了平靜，但房間裡多了一個人。

潛入者一步一步悄悄地向床邊靠近。從枕頭上傳來的深沉呼吸聲並未停止。

沒有聲音……或者幾乎沒有任何聲音。一根手指和拇指對準了皮膚一處，另一隻手上的皮下注射器已準備就緒。

突然，黑暗中一隻手抓住了拿注射器的那隻手，另一隻手則如鐵腕般緊緊地扣住了那個潛入者。

一個聲音不含感情的員警說：「住手，不許動。把注射器給我！」

燈亮了，康偉．傑佛遜躺在枕頭上冷冷地看著殺害露比．基恩的凶手。

18

亨利．克什林爵士說：「我就像華生一樣，瑪波小姐，我想知道您的方法。」

哈珀主任說：「我想知道，首先是什麼引起了您對此事的注意。」

梅崎上校說：「啊！這次您又成功了。我想知道這件事的來龍去脈。」

瑪波小姐撫平她那件最好的紫褐色絲綢晚禮服。她的雙頰緋紅，微微而笑，看起來極為矜持。

她說：「恐怕你們會認為我的『方法』——如亨利爵士所說——非常業餘。問題在於，大多數人……也不排除警方，對這個邪惡的世界太信任了。他們相信別人說的話。我從不這樣。我總想親自驗證每件事。」

「這是種科學的態度。」亨利爵士說。

「在這個案件中，」瑪波小姐繼續說，「一開始就有些事情被認為是理所當然，而不是依據事實。我觀察到的事實是，受害人非常年輕，而且她有咬指甲的習慣，牙齒有點向外突出……年輕女孩如不及時用牙套矯正，後果經常是這樣（小孩子很淘氣，他們趁大人不注意時就把牙套取下來）。

「不過剛才是離題了。我剛才說到哪兒了？哦，對，我看著那個已經死了的女孩，心裡覺得很難過。眼看一個年輕的生命夭折總是令人很傷心。我想無論凶手是誰，一定是一個非常邪惡的人。當然，她在班崔上校的藏書室裡被發現，這實在讓人百思不解，太像書裡的描繪，令人難以置信。實際上，這整件事都弄錯了。要知道，凶手最初的計畫不是這樣，因此也迷惑了我們。凶手的真正意圖，就是想栽贓給可憐的白卓．卜勞克（一個更具犯罪可能性的人），而卜勞克卻把屍體搬到上校的藏書室，耽誤了事情的進展。真正的凶手一定對此感到非常惱火。

「本來卜勞克先生會成為警方第一個懷疑的對象。警方會在戴恩茅斯進行調查，發現他認識那個女孩，並且和另一個女孩關係密切，他們會認為露比去勒索他，或者類似的事，而他一氣之下勒死了她。這只會是一起普通、卑鄙、我稱之為『夜總會類型』的犯罪！

「當然，一切都出了差錯，警方的興趣很快地轉移到傑佛遜一家人身上，這使某個人大為光火。

「我剛才說過，我疑心很重。我外甥雷蒙說（當然是開玩笑，而且非常友善），我的心像個水槽，他說大多數維多利亞時代的人都這樣。而我只能說，維多利亞時代的人，對人性懂得比較多。

「如我所說，懷著這麼不健康——或者說是健康——的心理，我立刻從錢的角度看這件事。有兩個人會從這女孩的死亡中受益，這一點不能忽視。五萬英鎊是不小的一筆錢，特別是對陷入經濟困境的人來講，而他們兩個人正是如此。當然，他們兩個似乎都是非常善良且討人喜歡的人，他們不像是做那種壞事的人。不過誰也說不準，對吧？

「比如傑佛遜夫人，每個人都喜歡她。但是那個夏天她的確變得非常躁動，厭倦了完全依靠公公的生活。因為醫生告訴過她，所以她知道他活不了多久。說得冷酷點，這樣她還可以忍受下去……或者說如果露比．基恩沒來，她仍然可以堅持下去。傑佛遜夫人非常愛她的兒子。有些女人的想法非常奇怪，認為為了兒女犯罪，在道德上是可以原諒的。我在鄉下就碰過這樣的人。她們說：『好啦，你知道，小姐，這全都是為了黛希。』她們似乎認為，這可以使不純正的行為變得無關緊要。這是非常不嚴肅的想法。

「當然，如果允許我用一個體育術語來形容，馬克．加斯凱先生比較像是個賽跑的發令員。他是個賭棍，我想他沒有很高的道德標準。但是出於某些原因，我覺得這個案子牽涉到一個女人。

「我說過我要尋找動機，而錢似乎是非常可能的動機。根據法醫的證據，露比．基恩死時，這兩人都不在犯罪現場，這著實讓人惱火。

「但是不久以後，在一輛被燒毀的汽車裡發現了潘蜜拉．里福斯的屍體，整件事也就昭然若揭……不在場證明不能當作理由。

「現在我掌握了這件案子的兩個方向，而且兩者皆令人信服，卻無法把它們聯繫起來。它們一定有某種聯繫，可是我找不到。我知道的唯一一個嫌疑犯沒有動機。

「我真傻，」瑪波小姐若有所思地說，「要不是黛娜．李，我根本不會想到，其實這是世界上最明顯的事。薩默塞特教堂！結婚！結婚！這不只是加斯凱先生或傑佛遜夫人個人的問題，結婚意味著更多的可能性。如果他們其中一個結婚了，甚或即將要結婚，那麼就要把婚約的另一方考慮進去。比如說，雷蒙或許認為他有可能娶一個富有女人為妻。他對傑佛遜夫人非常殷勤，而且我認為正是他的魅力，把她從長期的守寡狀態中喚醒過來。她一直只滿足於做傑佛遜先生的女兒，就像路得和拿俄美[10]。只不過，如果你們記得，拿俄美費盡心機為路得安排了一樁合適的婚姻。

「除了雷蒙，還有麥克林先生。她很喜歡他，而且似乎她最終會嫁給他。他並不富有，而且出事那天晚上，他在距離戴恩茅斯不遠的地方。所以，好像每個人都有做案的可能，對吧？當然，我心裡很明白，我們不能忽視那些被咬過的指甲，不是嗎？」

「指甲？」亨利爵士說，「可是她撕裂了一隻，然後把其餘的剪掉了。」

「胡說，」瑪波小姐說，「咬過的指甲和剪短的指甲根本完全不一樣！只要稍稍了解女孩指甲的人都不會弄錯，咬過的指甲很難看，我總是對我班上的女孩這麼說。要知道，那些指甲就是事實。它們說明了一個問題，那就是班崔上校藏書室裡的那具屍體根本就不是露比．基恩。

「這立刻使我聯想到那個與此有關的人——喬希！喬希辨認了屍體。她當時就知道，她一定知道那個不是露比．基恩的屍體。然而她說是，而且她不明白，完全不明白為什麼屍體會在那裡。實際上她洩漏了祕密。為什麼？因為她最清楚屍體本來應該在哪裡……在白卓．卜勞克的小屋。是誰把我們的注意力引向白卓？是喬希，她對雷蒙說，露比或許和那個拍電影的傢伙在一起。在這之前，她偷偷往露比的手提包裡塞了一張白卓的照片。誰會那麼憎恨這個女孩，甚至看見她死了都掩藏不住？喬希！喬希，精明，實際，冷酷無情，一心只為了錢。

「我剛才說『太容易相信人』就是這個意思。沒人對喬希指認露比．基恩屍體的說法表

10 路得和拿俄美（Ruth and Naomi），源自《聖經．路得記》。

示懷疑，原因很簡單，因為當時她似乎沒有撒謊的動機。動機總是個難題，很明顯這件事和喬希有關，但露比的死怎麼看都好像和她的利益完全相反。直到黛娜·李提起薩默塞特教堂，我才找到那個關聯。

「婚姻！假設喬希和馬克·加斯凱實際上已經結婚了，那麼整件案子便水落石出。現在我們已經知道，馬克和喬希在一年前就已經結婚了。他們要保守這個祕密一直到傑佛遜先生去世為止。

「你們知道，追蹤事情的來龍去脈很有意思，它能確實看清楚這個陰謀的具體執行情況……既複雜又簡單。首先，他們選中了那個可憐的孩子潘蜜拉，從拍電影方面誘惑她。試鏡？那可憐的孩子必定無法拒絕，至少在馬克·加斯凱那張花言巧語的嘴下難以拒絕。她來到飯店，此時他正在等她，他把她從側門帶進去，介紹給喬希……他們其中的一個化妝師！可憐的孩子，一想起來就讓我難受不已！她坐在喬希的盥洗室，讓喬希替她染髮、上妝，手指甲和腳趾甲都塗上指甲油。在這一切進行的過程中，她被下了藥。很可能是放在冰淇淋汽水裡。她陷入昏迷狀態。我猜他們把她放到對面一間空房裡，還記得嗎，這些房間每星期只打掃一次。

「晚飯後，馬克·加斯凱開著自己的車出去轉了一圈，他說去了濱海區。實際上是載著身穿露比那件舊洋裝的潘蜜拉前往白卓的小屋，並把屍體安頓在爐前地毯上。當他用衣服的腰帶勒死她之前，她還昏迷著，沒有死……太慘了，我祈禱當時她對這一切沒有任何感覺。真的，一想到吊死加斯凱就讓人高興……

「當時一定是剛過十點。然後他以最快的速度驅車返回飯店，重新回到大廳裡的那群人中，當時露比．基恩還活著，正和雷蒙表演舞蹈。

「我想喬希事先已經告訴露比要做的事。露比早已習慣對喬希言聽計從。她被告知要去喬希的房間換裝，並在那裡等著。她也被下了藥，藥可能被放在晚飯後的咖啡裡。你們還記得嗎？她和小巴特利談話時止不住打哈欠。

「喬希後來上樓去『找她』，除了喬希本人，沒有別人進過喬希的房間。她可能是在那個時候將露比處理掉，也許用針筒注射，或者敲擊後腦。接著她走下樓，與雷蒙一起跳舞，然後和傑佛遜一家討論露比可能去的地方，最後上床睡覺。凌晨時分，她替露比穿上潘蜜拉的衣服，從側面樓梯把屍體搬下，她是一個肌肉很強健的年輕女子，她開了喬治．巴特利的車，開了兩哩路到採石場，往車上澆上汽油，點著了火。然後步行回到飯店，可能掐算好了時間，在八、九點鐘回到飯店。人們還以為她為露比的事著急，早早就起床了！」

「這起陰謀還真錯綜複雜。」梅崎上校說。

「不會比舞步複雜。」瑪波小姐說。

「大概是吧。」

「她想得很周到。」瑪波小姐說，「她甚至事先考慮到指甲的差異。所以設法用她的披肩弄斷露比的一個指甲，藉以說明露比剪短了她的指甲。」

哈珀說：「是的，她的考慮非常周全。瑪波小姐，你真正的證據只是一個女學生啃過的指甲。」

「不只如此。」瑪波小姐說，「有些人太愛講話。馬克．加斯凱的話太多。他談到露比時說『她的牙齒高高低低』，但是，班崔上校藏書室裡的女屍是一口暴牙。」

康偉．傑佛遜表情相當陰沉地說：「瑪波小姐，最後那戲劇性的一幕是您導演的嗎？」

瑪波小姐承認：「確實是我的主意。把事情弄明白不是很好嗎？」

「對極了。」康偉．傑佛遜厲聲說。

「瞧，」瑪波小姐說，「一旦馬克和喬希知道您打算重新立遺囑，他們一定會採取行動。他們為錢已經殺了兩個人，所以再殺一人又未嘗不可。當然，馬克絕對不能沾上邊，所以他去了倫敦，在一家飯店和朋友聚餐，接著又去夜總會，以建立不在場證明。喬希負責去執行殺人的勾當。他們還想把露比的死算在白卓的帳上，而傑佛遜先生的死應該是心臟衰竭所致。主任告訴我，注射器裡有毛地黃。任何醫生都會認為在他那種情況下，心臟病突發致死是很自然的事。喬希事先鬆動了露台上的一塊圓石，她準備事後把它推下去。人們會認為他的死是由於受到了聲音的驚嚇所致。」

梅崎說：「詭計多端的妖魔。」

亨利爵士說：「那麼，您以前說的第三個死亡是指康偉．傑佛遜？」

瑪波小姐搖搖頭。

「哦，不，我指的是白卓．卜勞克。要是他們辦得到，早就絞死他了。」

「或者關在布羅德摩爾。」亨利爵士說。

康偉．傑佛遜咕噥著：「我一直認為羅莎美嫁了一個無賴，但盡可能不去承認它。她非常喜歡他。喜歡一個殺人犯！好啦，他和那個女人都會被絞死。我很高興他完蛋了。」

瑪波小姐說：「她的個性一直很強，這件事從頭到尾都是她的計畫。諷刺的是，露比是她親自叫來的，她作夢也沒想到，傑佛遜先生會喜歡上露比而毀滅了她的前景。」

傑佛遜說：「可憐的小姑娘，可憐的小露比……」

這時阿提蕾．傑佛遜和雨果．麥克林走了進來。阿提蕾今晚看起來很美。她走近康偉．傑佛遜，一隻手放在他的肩上，說話時聲音有點哽塞。

「我想告訴你一件事，傑夫，現在就告訴你。我準備和雨果結婚。」

康偉．傑佛遜抬頭看了她一會兒，然後粗聲粗氣地說：「是你再婚的時候了。恭喜你們。對了，阿提蕾，明天我要重新立一份遺囑。」

她點點頭。

「哦，是的，我知道。」

傑佛遜說：「不，你不知道。我準備留給你一萬英鎊，其餘的我死後都留給彼得。你看怎麼樣，我的女孩？」

「哦，傑夫！」她脫口而出。「你太好了！」

「彼得是個好孩子，我希望常常看到他，在我有生之年。」

「哦，你會的！」

「彼得對犯罪的嗅覺一定很敏銳。」康偉・傑佛遜沉思地說，「他不僅有那個被謀殺的女孩——其中一個被謀殺的女孩——的指甲，還幸運地弄到勾住那個指甲的披肩，所以他還有女殺人犯的紀念品！這讓他非常高興！」

§

雨果和阿提蕾從舞廳旁經過。雷蒙走向前。

阿提蕾匆匆說：「告訴你一個消息。我們就要結婚了。」

雷蒙臉上的微笑完美無瑕，那是一種勇敢、深沉的微笑。他沒理會雨果，只是直視著她的眼睛說：「我祝福你今後非常、非常幸福……」

兩人離去，雷蒙站在原地看著他們遠去的背影。

「一個好女人，」他自言自語，「一個非常好的女人。而且她還會非常富有。我費盡心思研究的那點德文郡史塔家族歷史……哦，算了，我的運氣沒了。跳吧，跳吧，不起眼的小人物！」

雷蒙走出了舞廳。

藏在日常細節中的冒險

楊照（作家）

一開始，就都在那裡了。

一九二〇年，阿嘉莎．克莉絲蒂出版了《史岱爾莊謀殺案》，神探白羅就已經退休了。而且在這個案子裡，藉由敘述者海斯汀的轉述，就鋪陳出克莉絲蒂小說最基本的偵探原則：

「那些看來或許無關緊要的小細節……它們才是重要的關鍵，它們才是偉大的線索！」

「豐富的想像力就像洪水一樣，既能載舟亦能覆舟，而且，最簡單直接的解釋，往往就是最可能的答案。」

「沒有任何謀殺行為是沒有動機的。」

還有，一個不討人喜歡的死者，一群各有理由不喜歡死者、因而也就都有殺人動機的人，這些人彼此之間構成複雜的關係，有的互相仇視，有的互相愛戀，麻煩的是，有些愛人其實貌合神離，有些仇人其實私下愛慕；更麻煩的是，不論是愛或是仇，都有可能是扮演出來的。

一個外來的偵探必須周旋在這些嫌疑者之間，從他們口中獲取對於案情的了解，換句話說，他必須在很短的時間內，搞清楚誰是誰、誰跟誰吵架、誰跟誰偷情，然後判斷誰說的哪一句是實話、哪一句是謊言。常常謊言比實話對於破案更有幫助。

再偷偷透露一下，如果要和小說裡的凶手及小說背後的作者鬥智，就像克莉絲蒂對英國社會的了解，祕訣就在於要去追究小說裡的人物背景，尤其是他們的階級地位。基本上，階級地位愈高、權力愈大、愈有錢者，說的話就愈不要相信。例如在《史岱爾莊謀殺案》中，僕人、園丁說的話遠比有頭有臉的人說的要可信多了。就算要說謊，他們的謊言也比較天真，而且往往出於善良動機。當你歸納線索時，就會知道他們並非故意說謊，那是因為他們的認知受到蒙蔽或誤導，而你慢慢就從這蒙蔽或誤導中被引導到真相。

《史岱爾莊謀殺案》出版那年，克莉絲蒂三十歲，但書稿其實早在五年前就寫好了，畢竟要找到有人願意出版一個看來再平凡不過的家庭主婦寫的小說，並不是那麼容易。

所有和克莉絲蒂接觸過的人，都對於她的「正常」留下深刻印象。她看起來就和她那個年紀的典型英國家庭主婦一樣，害羞、靦腆，只能在社交場合勉強跟人聊些瑣事話題，完全無法演講，甚至連只是站起來對眾賓客說幾句客套話，請大家一起舉杯，她都做不到。她不演講，也很少答應接受採訪，就算採訪到她也很難從她口中得到有趣的內容。她會講的，幾乎都是記者本來就知道、或者自己就可以想得出來的。

例如說白羅這個神探的來歷。克莉絲蒂回答：他應該是個外國人，這樣就能在英國日常生活中看出英國人自己看不出的線索。她自己碰過的外國人，只有第一次大戰剛爆發時到英國避難的比利時人。比利時警察怎麼能跑到英國來？那一定是因為他已經退休了。他有潔癖，所以對於現場會有特殊的直覺，馬上感受到不對勁的地方。一個有潔癖的人，好像應該長得矮小些才相稱，一個矮小有潔癖的人最適當的名字，就是希臘神話裡的大力士「赫丘勒斯（Hercules）」，製造出荒唐的對比趣味。那白羅這個姓是怎麼來的呢？克莉絲蒂很誠實地說：「我不記得了。」

一切都如此順理成章，一切都如此合邏輯，不是嗎？有記者問她怎麼看自己的舞台劇〈捕鼠器〉，創下了英國劇場、甚至全世界劇場連演最多場紀錄的名劇？克莉絲蒂的回答也還是中規中矩，合理合節：那是一齣小戲，在一個小劇院演出，成本很低，任何人想到了都可以帶家人或朋友去看，老少咸宜，並不恐怖，也不特別荒謬打鬧，可是又什麼都有一點，包括恐怖和荒謬打鬧的成分。

她的身上找不出一點傳奇、怪誕色彩，那她為什麼能在五十年間持續寫偵探小說，創造了那麼多謀殺，還創造了那麼多詭計？

首先因為她是女性，以及她的身世，包括她的階級身分，使得她在描寫故事場景時比一般男性作者來得敏感。因為在她之前的偵探推理小說男性作家的階級身分都是高高在上，基本上他們會從較高的角度看社會，比較看不到底層的感受。

而她的婚變以及婚變中遭逢的痛苦，都使她更能體會與觀察，將英國社會的複雜細節融入小說的核心情節，讓探案與線索分析結合在一起。

克莉絲蒂一生結過兩次婚，第一次在一九一四年，婚後不久，丈夫就參加了歐戰，是英國皇家空軍最早一批飛行員。一九二六年，這個丈夫有了外遇，直率地向克莉絲蒂要求離婚，在那之前，克莉絲蒂的媽媽才剛過世，雙重打擊之下，又遇到車子無法發動，克莉絲蒂崩潰了，她棄車而走，忘記了自己究竟是誰，躲進一家鄉間旅館，登記時寫了她心裡唯一有印象的名字——她丈夫情婦的名字。

離婚後，一次在晚宴中，有人提起近東烏爾考古的最新收穫，克莉絲蒂就取消了原定要去西印度群島的計畫，改訂了跨越歐洲到君士坦丁堡的「東方快車」，是的，就是這趟旅程給了她寫《東方快車謀殺案》的靈感。不過更重要的是，在烏爾，她認識了一位年輕的考古學家，比她小十四歲，這個人後來成了她的第二任丈夫。

這位考古學家陪她去參觀在沙漠中的烏克海迪爾城，卻在沙漠中迷路困陷了。幾小時中克莉絲蒂卻沒有一點驚慌不安，當下考古學家就決定要向她求婚。

原來，克莉絲蒂的內心是有這種冒險成分的。要不然她不會兩次選到的，都是喜愛冒險的丈夫，而她本身大概也不會吸引一個在各種危險情境下挖掘古代寶藏的人，讓他願意向一個大他十四歲的女人求婚。

這樣說吧，維多利亞時代後期的英國環境，壓抑限制了克莉絲蒂冒險、追求傳奇的內在衝動，她只好將這樣的衝動寄託在丈夫和寫作上。她一邊陪著第二任丈夫在近東漫走，一邊在小說中寫各式各樣的謀殺與探案。謀殺和探案都是冒險，還有，偵探偵查中做的事——蒐集線索，還原命案過程——其實和考古學家的考掘，如此相似！

克莉絲蒂寫得最好的，正是「藏在日常中的冒險」。她個性中的雙面成分，造就了特殊的偵探魅力。既嚮往非常傳奇，卻又有根深柢固的日常邏輯信念，兩者都在克莉絲蒂的小說中扮演了重要角色。她的謀殺案幾乎都和日常習慣緊密編織在一起，日常環境成了凶手最重要的掩護。有些日常規律明顯地被破壞了，讓我們很自然以為那會是謀殺的線索，沿著這些線索形成了閱讀中的推理猜測，然而白羅早就提醒了，真正重要的反而是那些「細節」，也就是看來像是依隨日常邏輯進行的事，或說藏在日常邏輯中因而不被看重的事，那裡要嘛藏著凶手的核心詭計、煙幕，要嘛藏著凶手致命的破綻。

凶案的構想，就是如何讓異常蓋上日常、正常的面貌，又如何故意將日常、正常予以扭曲，製造假象；那麼偵探要做的，就是如何準確地在日常中分辨出真正的異常，將假的、明顯的異常撥開來，找出細節堆疊起來的異常真相。

此外，克莉絲蒂的小說裡隱藏著極其曖昧的情感價值觀，最典型、最有名的就是《東方快車謀殺案》。透過追查過程，讓讀者知道為什麼凶手要訴諸於這種手段，其動機具有可同情之處，再加上克莉絲蒂對身分階級的觀察，她比較相信或讓讀者相信那些沒有權力、地位的人，隨著偵查節奏去認識可能或必須懷疑的人。克莉絲蒂最擅長營造「多重嫌疑犯」的小說特質，因為讀者在閱讀時必須被迫去認識很多不一樣的人。在她最受歡迎的作品，大概都具備這樣的特質。

當然，她的作品中還有兩個最突出的神探，即白羅和瑪波。白羅是比利時人，但為什麼必須是外國人？這是因為英國人具有高度階級意識，這種觀念一路滲透到所有互動細節，包括人與人之間如何說話。而白羅因為不是英國人，他會發現一般英國人不太看得出來的東西，以及兩個人互動的方法哪裡不正常。至於瑪波為什麼得是老太太？她一如那個年代的老人家，總是靜靜坐著打毛線，因為不起眼，自然讓人放鬆防備，所以瑪波探案的線索都是來自於這樣的互動模式。

然而，白羅有很明顯的優勢，瑪波的身分使她基本上只能進行「靜態」的辦案，案子的空間受到侷限，白羅卻可以跨越各種空間，恣意揮灑。而且白羅擁有警官身分，可以合理出現在各種犯罪現場，瑪波能出現的地方，相形之下就勉強、不自然多了。白羅是明白的outsider，在英國，只要他出現，就會覺得有外人在而感到緊張，於是很容易露出平常不會表現的行為；瑪波則看起來是 insider，但實質上是 outsider，因為總是沒人發現她、當她空氣人。這兩人的探案，是兩個極端。雖然讀者最愛白羅，但克莉絲蒂自己偏愛瑪波勝於白羅。

不管後來的偵探、推理小說發展了多少巧妙詭計，克莉絲蒂卻不會過時，因為她的推理如此密切地和日常纏繞在一起；活在日常中，我們就無可避免被克莉絲蒂的「日常細節推理」吸引，隨時讀來都充滿驚奇趣味。

名家盛讚克莉絲蒂（依推薦時間排序）

金庸（作家）

克莉絲蒂的寫作功力一流，內容寫實，邏輯性順暢，也很會運用語言的趣味。閱讀她的小說，在謎底沒有揭露之前，我會與作者鬥智，這種過程非常令人享受。其作品的高明之處在於：布局的巧妙完全意想不到，而謎底揭穿時又十分合理，讓人不得不信服。

詹宏志（作家、PChome 網路家庭董事長）

推理小說在從先輩柯南．道爾等人的發明中出現力量時，誕生了一位《天方夜譚》故事中每天說故事說個不停的王妃薛斐拉．柴德，也就是「謀殺天后」克莉絲蒂，整個世界對聽這些故事才有如此的熱情。他們捨不得睡覺，每天問後來還有嗎、還有嗎，永遠不肯離去，這就是克莉絲蒂對推理小說的最大貢獻。

可樂王（藝術家）

所謂「克莉絲蒂式」的推理小說，就是一場和一個天才的寫作者或高明的恐怖份子在紙上捕掠捉殺的戰事。即便是一列火車、一處飯店或一間酒吧，在克莉絲蒂寫來皆充滿神祕和猜謎。在人生適合的下午裡，我總是一面嚼著口香糖，一面跟著矮子偵探白羅穿梭謀殺現場，克莉絲蒂的推理作品無疑是推理世界中最充滿「魔術性」的小說。

吳若權（作家、節目主持人）

我從小就對推理小說情有獨鍾，克莉絲蒂一系列的作品尤其令我愛不釋手。多年來，閱讀推理小說的經驗讓我覺悟：讀者在文字情節中推展開來的驚嘆，不只是因緣於故事的本身，而是自我性格的投射。從這個觀點來看克莉絲蒂一系列的作品，她簡直就是洞徹人性的算命師。而讀者，在她的文字中，發現了自己無可奉告的命運。

藍祖蔚（國家電影及視聽文化中心董事長）

做過藥劑師，難免懂得毒藥；嫁給考古學家，難免也就嫻熟文明的神祕；再加上曾經失蹤九天，一切不復記憶的離奇經驗，的確提供了寫作靈感，但若少了想像力，那些片羽靈光縱使辛辣如辣椒，卻不足以成菜。

推理小說重布局、重人物描寫，克莉絲蒂最厲害的卻是犀利的人性觀察，她一手創造的白羅探長，潔癖個性完全和她相反，更將她所憎厭的人格特質集於一身，殊不知，唯有不對著鏡子寫作，才能夠跳出框架與制式反應，開闢無限寬廣的新世界，建構多面向的詭異迷宮。

看完她的小說，你只會更加訝異，到底是什麼樣的心靈才能成就這般視野？

李家同（作家、前暨南大學校長）

克莉絲蒂的整體布局十分細膩，最後案情也都講解得非常詳細，回頭去看，在書中都找得到線索。故事的情節與內容也很好看，不是像一個流氓在街上被殺掉那麼單調。……看小說應該要花腦筋、要思考，從小就要養成思辨的能力，看她的小說，就是對邏輯思考能力極佳的訓練。

袁瓊瓊（作家）

雖然被公認是冷靜理性的謀殺天后，但是在理性之下，克莉絲蒂的底色依舊是感情。克莉絲蒂很明白，所有的慾望之後，都無非是某種愛情。在以性命相搏的犯罪世界裡，凶手以終結他人的性命來遂私欲，不過是為了成全自己的愛，或者是成全自己的恨。

鄧惠文（精神科醫師）

以推理小說作家而言，克莉絲蒂的風格相當獨樹一格。她的偵探在辦案時，靠的不光是科學證據的搜集，而是大量運用犯罪心理學，及對人性的深刻了解。例如在《五隻小豬之歌》中，白羅便是藉由聽取嫌疑犯訴說案情時所不自覺顯露的主觀意識及中心思想，而看出其中破綻，找出真凶。白羅是靠腦袋辦案，以心理層面去剖析案情，即使人們敘述的是同一件事，他可以聽出不同角色因出發點及看待角度不同所透露的情緒觀感，從而抽絲剝繭，還原事實真相。

克莉絲蒂所塑造的人物也生動且各具特色，不同個性所出現的情緒反應描寫，皆細膩而準確，讓讀者產生豐富的想像空間，一展卷便欲罷而不能。

吳曉樂（作家）

克莉絲蒂使用的語言平易近人，主要是以角色與情節的對應來斧鑿出故事的深度，堆疊出讓讀者回味的迂迴空間。而她筆下的角色往往性別、階級、性格、族群各異，塑造出多元又豐富的人物群像。

文學作品不問類型，若要流傳於世，最終仍得上溯至「人性」的理解與反思。而阿嘉莎．克莉絲蒂的作品中，我們可以看到人類屢屢得和自己的人生討價還價，或千方百計讓主觀意識與客觀條件達成某種程度的整合，讀者在重建人物的心理軌跡時，也見識到自身的是非成敗，我認為，這也是克莉絲蒂的作品能夠璀璨經年、暢銷不衰的主因。

許皓宜（心理學作家）

克莉絲蒂筆下的故事看似在談人性的醜惡，實則像一位披著小說家靈魂的心靈引導者，用她的文字訴說著人們得不到「愛」時的痛苦。於是在故事終了的剎那，你不得不對人生多了幾分「看透感」：原來，我們心裡的那些痛苦、報復與自我折磨的慾望，不是因為「憤恨」，而是起於對「愛的失落」。這或許是我們在情感世界中最珍貴且深刻的一種覺察了。

推理小說荒謬驚悚嗎？不，它其實很寫實。它幫我們說出心裡的苦、怨、醜陋的慾望，於是，我們可以重新學習愛了。

一頁華爾滋 Kristin（影評人）

從有記憶以來，閱讀克莉絲蒂最迷人之處往往不在真正的凶手是誰，而是在於「Why」（為什麼）與「How」（如何進行），在於人性與心理描摹的故事肌理。依循其書寫脈絡，會發覺不只是邏輯清晰、布局縝密、著重細節，她總能完美掌握敘事節奏，書中人物彷彿真實存在般鮮明躍然紙上，讀者情緒會隨精準文字保持流轉、跳動、收放，掩卷時並無太多真相水落石出的暢快，反倒淡淡的惆悵化為餘韻襲上心頭，原來還是種種意料之外，卻屬情理之中的人性盲目使然。私以為，那成就了克莉絲蒂的推理故事之所以無比迷人的主因之一。

冬陽（推理評論人）

雖然阿嘉莎．克莉絲蒂的作品並非我的推理閱讀啟蒙，卻是養成閱讀不輟的重要推手。首先，她無庸置疑是個說故事能手，打開我名為好奇的開關；其次是設計犯罪事件的巧妙多元，既日常又異常，凶手更是叫人意想不到。沒錯，我相信每個當讀者的都忍不住想破案，想早偵探一步識破詭計，或者像考試結束鈴響前一秒，瞎猜都要指著某個角色大喊「你就是犯人」！然後會忍不住作弊——不是翻到最後幾頁窺探真凶身分，而是往前翻查讓人起疑的段落、偵探顯然掌握重要線索的時刻，直到忍不住豎白旗投降，看神探（我知道啦，真正把我要得團團轉的聰明人是作者）頭頭是道地分析我遺漏錯置的片片拼圖，終於看清真相全貌。這，就是偵探推理，我因此熟悉遊戲規則、沉醉在每一場迷人故事裡，成為這個類型書寫的俘虜，享受至今不疲的美好滋味。

石芳瑜（作家、永樂座書店店主）

布局細膩、處處留下線索，破案解說詳細，說明了這位安靜、害羞的推理小說女王心思縝密，且充滿想像力。密室殺人，完美犯罪，《東方快車謀殺案》不愧為古典推理小說的經典。再加上神祕的東方色彩，隨著火車抵達的迫切時間感，連非推理小說迷都會神經拉緊，讀完大呼過癮。

家庭主婦缺少人生經驗？處女座的阿嘉莎．克莉絲蒂充分展現她過人的寫作天分，靠得是從小開始的閱讀，以及對偵探小說的著迷。三十歲寫下第一本偵探小說《史岱爾莊謀殺案》的克莉絲蒂，在那個時代並不能說是「早慧」，但寫作生涯五十五年中，共創作了八十部偵探小說，卻令人難以企及。這位害羞靦腆的小說女神，大概是相信只要有足夠的理由，每個人都有殺人的可能！

余小芳（暨南大學推理研究社指導老師、台灣推理作家協會常務理事）

學生時代加入推理社團，社課指定讀物便是經典作品《一個都不留》，成為我對克莉絲蒂的初步印象，自此沉浸於推理小說的世界。隔年寒假陪同學參與轉學考，在斜風細雨的走廊中，滿足讀完《東方快車謀殺案》。隨著歲月遠走，已昇華成趣味回憶。

踏入推理文學領域需要認識的作家，阿嘉莎．克莉絲蒂絕對名列其中，她的作品常有英國小鎮風光、莊園式的謀殺、設備豪華的交通工具等，還有特色鮮明的偵探活躍其中。書中少有血腥、暴力的橋段，布局巧妙且結構嚴密，手法純粹、知性，故事內容與人物性格融為一體，以高超的想像力結合說好故事的能耐，為推理小說開創新局面。克莉絲蒂推理全集重編改版，值得新舊讀者一起探索。

林怡辰（國小教師、教育部閱讀推手）

多年後，還是難忘第一次閱讀阿嘉莎．克莉絲蒂作品的感動和激動。

這套將近一世紀的作品，文筆流暢，邏輯縝密，過程中不斷與作者較量、猜出凶手，直到最後解答不禁佩服，蛛絲馬跡處處展現作者的精妙手法，於是又拿起另一部作品，再次沉溺在謀殺天后所編織的日常世界中的奇幻，無可自拔。犯罪動機和手法穿越時空限制，如今讀來合理且依舊令人感動，閱讀中趣味橫生，難怪成為後來諸多偵探小說的原型。

克莉絲蒂創作生涯中產出的八十部推理作品，至今多部躍上大銀幕，無怪乎被稱之為「經典」，喜愛推理偵探作品的人不可不讀，你會驚異於她在文字中施展的魔法！

張東君（推理評論家、科普作家）

我愛克莉絲蒂！這位在台灣有時會被稱為克奶奶的超級暢銷推理小說家，即使是自認沒讀過她的書的人，也都會在各種書籍或影視作品中看到對她致敬的片段。由於她喜歡旅行和冒險，那些經驗與體驗都成為書中的場景，因此閱讀她的作品時，不只是雀躍地跟著偵探推理，也有了虛擬的旅行體驗。或者當成旅遊導覽書，在出發去尼羅河、去英國鄉間、去搭船搭火車時，就塞一本克奶奶的作品到隨身背包中。

我還是大學新生時，就聽學姐說她哥哥經常看克奶奶的小說，而且邊看邊狂笑。於是我跟著效仿，在某次搭飛機之前買了第一本小說當旅伴，不只看得超開心，看完後還到處找尋書中出現的那種有兜帽的斗篷，當成出門時的必備用品。克奶奶的作品是跨越文字、國界的。只要看過一本，就會不停地追下去。還好，真的是還好只有八十本。何況這次是全新校訂的紀念珍藏版，當然不能錯過！

發光小魚（呂湘瑜）（文史作家、助理教授）

一部好的偵探小說，除了情節設計巧妙之外，還需要洞悉人性，如此方能合理地交代人物的言行舉止與動機。阿嘉莎·克莉絲蒂便是其中翹楚，她的作品不管是偵探、愛情小說或戲劇，必要元素都是謎題與人性。在寧靜無波的場景下暗潮洶湧，永遠都有意料之外，讀者的情緒也會隨著劇情的進行起伏糾結。克莉絲蒂觀察到時代的變化，將犯罪心理融入作品中，於是，看她的小說不只能得到解謎的快樂，同時對人性也能夠有所省思。

此外，克莉絲蒂豐富的人生歷練及旅行經歷，例如一九二二年的環球之旅、居住過也旅行過的巴黎和埃及，甚至是追隨考古學家丈夫前往的中東，都讓她的小說讀來更加充滿異國情調。如果你也愛旅行，不如就讓我們一同搭上那一班南法的藍色列車，或由伊斯坦堡出發的東方快車，跟著白羅鑽進一樁奇案，一嘗旅程中破解謎題的快感吧。

盧郁佳（作家）

國小時，家裡買了一套阿嘉莎．克莉絲蒂全集，從此成了我的毒品，在白癡課本將我的腦袋啃嚙成海綿般空洞時，撫慰受創的心靈，那時我仍對人心險惡一無所知。

數學課教你列算式，樂趣遠不如克莉絲蒂教你住宅平面圖、偷換時序的密室魔術，你從庭園長窗進房間，我從房門直通鄰房，他從走廊進房……從而學會故事是建構邏輯。她文風多變，時而《四大天王》中讓神探白羅向助手海斯汀大賣關子，眉頭緊皺，山雨欲來，預示天翻地覆，只能靠他拯救世界；時而用維吉尼亞．吳爾芙《自己的房間》中俏皮的語言，讓貧苦村姑安妮在《褐衣男子》中回憶南非出生入死的冒險，竟源於她耽讀村裡圖書館爛舊的冒險愛情小說，還有戲院每週末放映〈帕米拉歷險記〉，帕米拉每集從飛機跳落高空、搭潛艇、爬上摩天大樓，每次被黑幫老大抓到總不一刀斃命，卻老要用瓦斯毒死她，暗示續集又會逃出生天。

長大才發現，克莉絲蒂小說就是我的〈帕米拉歷險記〉：它以歌劇般輝煌龐大的天真陰謀、精細的人際觀察（一句話重音放在哪個字、從膝蓋鑑定女人的年齡等），召喚年輕讀者抱持浪漫精神投入未知的壯遊，瘋魔、衝撞、冒犯，傷痕累累毫無懼色。正如瓦斯在冒險片中太多、現實中卻太少；陰謀在現實中沒有克莉絲蒂寫得那麼複雜，但她刻畫的心理卻是現實中解謎的試金石。

賴以威（臺灣師範大學電機系副教授）

或許可以為經典下幾個定義：該領域的愛好者更都讀過；不是這個領域的愛好者，許多人也都聽過；影響後續的作品，在很多著作中都可以看到它的影子；值得反覆再三閱讀，每隔一陣子再讀都可以獲得閱讀的樂趣，有更多的體悟。我永遠記得第一次讀《東方快車謀殺案》時，被那宛如嚴謹設計數學謎題的鋪陳、推進給深深吸引、震撼。從這幾個角度來說，克莉絲蒂的推理小說被稱之為「經典」，可說是當之無愧。

謝哲青（作家、旅行家、知名節目主持人）

克莉絲蒂小說的魅力在於透過每個角色的對白，藉由不斷的說話來表現人物的個性，以彰顯其人格特質中一些無法被忽略的事實。我們從他們的言語、講話的過程和字裡行間，竟然就能知道誰是凶手。

我從克莉絲蒂的小說學到很多，除了推理小說有趣的事實之外，最重要的是，我在工作的職場跟人應對的時候，如何從語言和對話裡去捕捉某些隱而不顯的事實。許多人們欲蓋彌彰的東西，無論心事也好、祕密也好，克莉絲蒂都會用文學的手法，讓你理解語言的奧妙和魅力。

克莉絲蒂的書寫會讓你覺得彷彿自己也在現場，你可以從聽到的對話當中，學會如何理解人心的一些小技巧，這是小說家最出色、最偉大的地方。我們必須學習傾聽別人說話——這些人講話是真誠的嗎？他想要跟你分享什麼資訊？這些資訊可靠嗎？——這是我在閱讀推理小說時，最大的收穫和理解。

阿嘉莎・克莉絲蒂大事記

1890		• 九月十五日出生於英格蘭德文郡托基鎮。
1894	4 歲	• 開始在家自學，父母親、姐姐教導閱讀、寫作、算術和彈鋼琴。
1895	5 歲	• 家中經濟走下坡，舉家搬至法國，學會流利的法語。
1905	15 歲	• 在巴黎寄宿學校學鋼琴和聲樂，但生性極度害羞，未成為職業鋼琴家，最終回到英國。
1907	17 歲	• 陪同母親前往埃及調養身體，對社交活動充滿興趣，但尚未對日後感興趣的埃及古物點燃熱情。 • 回英國後繼續寫作、參與業餘戲劇表演。
1908	18 歲	• 寫出第一篇短篇小說〈麗人之屋〉，同時也寫出第一部愛情小說《白雪黃漠》，以筆名向出版社投稿，但屢遭退稿。
1912	22 歲	• 與英國皇家軍官亞契・克莉絲蒂（Archibald Christie）熱戀。 • 八月爆發第一次世界大戰，亞契奉派到法國作戰。
1914	24 歲	• 耶誕夜結婚，亞契隨即返回戰場。克莉絲蒂參與紅十字會工作，在醫院擔任護士和藥劑師，因此對藥理和毒物非常熟悉，造就後來多部推理小說情節都以毒藥殺人。
1916	26 歲	• 開始嘗試寫推理小說，寫出第一部小說《史岱爾莊謀殺案》，主角偵探赫丘勒・白羅的靈感，來自於大戰期間英國鄉間的比利時難民營。本書歷經數家出版社退稿後，終獲柏德雷・海德（The Bodley Head）圖書公司的出版機會，之後並簽下另五本小說的合約。
1919	29 歲	• 前一年亞契返回英國，八月生下女兒露莎琳。

1920　30 歲　• 出版《史岱爾莊謀殺案》。

1922　32 歲　• 出版第二部小說《隱身魔鬼》，主角是夫妻檔偵探湯米和陶品絲。
• 與亞契至南非、澳洲、紐西蘭、夏威夷和加拿大等國旅行十個月，在南非得到《褐衣男子》的靈感。

1923　33 歲　• 三月出版第三部小說《高爾夫球場命案》，白羅再度登場。

1926　36 歲　• 四月母親過世，克莉絲蒂陷入憂鬱。
• 六月在「威廉・柯林斯父子出版社」出版《羅傑艾克洛命案》。
• 八月亞契因外遇提出離婚，十二月初一次爭吵後，克莉絲蒂離家棄車失蹤，消息登上全國新聞。

1927　37 歲　• 一月在悲痛心情中寫出《藍色列車之謎》，第一次創造出聖瑪莉米德村，即後來瑪波小姐居住的村子。
• 分居期間在雜誌刊登以白羅為主角的短篇小說，後來集結出版《四大天王》。
• 十二月在雜誌刊登短篇小說〈週二夜間俱樂部〉，瑪波小姐初登場，後來收錄在一九三二年出版的短篇小說集《十三個難題》。

1928　38 歲　• 十月正式離婚，仍保留「克莉絲蒂」姓氏。
• 秋天搭乘「東方快車」前往土耳其的伊斯坦堡，再轉往伊拉克首都巴格達，參觀考古現場烏爾，認識考古學家伍利夫婦（Leonard and Katharine Woolley）。

1930　40 歲　• 二月應伍利夫婦之邀再訪烏爾，認識考古學家麥克斯・馬龍（Max Mallowan），九月於英國愛丁堡結婚。這段婚姻開啟克莉絲蒂旺盛的創作生涯，兩人到中東考古現場的旅行為許多作品帶來靈感。

- 婚後克莉絲蒂開始維持固定的寫作行程。十月出版《牧師公館謀殺案》，是第一部以瑪波小姐為主角的小說。
- 出版第一部以「瑪麗．魏斯麥珂特」（Mary Westmacott）為筆名的《撒旦的情歌》，並陸續發表了五部非犯罪小說。

1932　42歲
- 出版《危機四伏》。

1934　44歲
- 出版《東方快車謀殺案》，是白羅海外辦案三部曲之一，故事靈感來自中東的旅行經歷。一九七四年第一次改編成電影大獲好評。

1936　46歲
- 出版《美索不達米亞驚魂》，白羅海外辦案三部曲之二。

1937　47歲
- 出版《尼羅河謀殺案》，白羅海外辦案三部曲之三，故事背景是年輕時與母親同遊的埃及。一九七八年第一次改編成電影大受歡迎。

1939　49歲
- 二次大戰期間，克莉絲蒂在大學學院醫院擔任義務藥師，學習到最新的毒藥知識，對於推理小說寫作大有助益。
- 出版《一個都不留》，是克莉絲蒂最著名作品之一。

1941　51歲
- 出版《密碼》，呈現出克莉絲蒂對戰爭的看法。
- 出版《豔陽下的謀殺案》。

1942　52歲
- 出版《藏書室的陌生人》、《五隻小豬之歌》等名作。

1944　54歲
- 以「瑪麗．魏斯麥珂特」為筆名出版第三部作品《幸福假面》，被美國書評人發現是克莉絲蒂的作品，讓她從此失去匿名創作的自在樂趣。

1950	60 歲	• 獲選為皇家文學學會的會員。
1953	63 歲	• 出版《葬禮變奏曲》。
1956	66 歲	• 一月獲頒大英帝國爵級大十字勳章（GBE）。 • 十一月以「瑪麗．魏斯麥珂特」為筆名出版《愛的重量》，是這個筆名的最後一部作品。
1958	68 歲	• 成為「偵探作家俱樂部」主席。
1960	70 歲	• 馬龍獲頒大英帝國爵級大十字勳章。
1961	71 歲	• 獲得艾克塞特大學頒發榮譽文學博士學位。
1968	78 歲	• 馬龍獲封為爵士，克莉絲蒂亦被稱為馬龍爵士夫人。
1971	81 歲	• 獲頒大英帝國爵級司令勳章（DBE），獲封為女爵士。
1973	83 歲	• 出版最後一部創作《死亡暗道》，亦為湯米和陶品絲最後一次辦案。
1974	84 歲	• 最後一次公開露面，出席電影《東方快車謀殺案》首映會。
1975	85 歲	• 八月六日，白羅成為有史以來第一次在《紐約時報》頭版刊出訃聞的小說主角，宣傳九月即將出版的《謝幕》，這也是白羅最後一次辦案。
1976	86 歲	• 一月十二日去世。 • 十月出版《死亡不長眠》，瑪波小姐的最後一次辦案。

克莉絲蒂推理原著出版年表

1920 史岱爾莊謀殺案 The Mysterious Affair at Styles（神探白羅系列）
1922 隱身魔鬼 The Secret Adversary（神探湯米＆陶品絲系列）
1923 高爾夫球場命案 The Murder on the Links（神探白羅系列）
1924 白羅出擊 Poirot Investigates（神探白羅系列）
1924 褐衣男子 The Man in the Brown Suit（神探雷斯上校系列）
1925 煙囪的祕密 The Secret of Chimneys（神探巴鬥主任系列）
1926 羅傑艾克洛命案 The Murder of Roger Ackroyd（神探白羅系列）
1927 四大天王 The Big Four（神探白羅系列）
1928 藍色列車之謎 The Mystery of the Blue Train（神探白羅系列）
1929 七鐘面 The Seven Dials Mystery（神探巴鬥主任系列）
1929 鴛鴦神探 Partners in Crime（神探湯米＆陶品絲系列）
1930 牧師公館謀殺案 The Murder at the Vicarage（神探瑪波系列）
1930 謎樣的鬼豔先生 The Mysterious Mr. Quin（神探鬼豔先生系列）
1931 西塔佛祕案 The Sittaford Mystery
1932 十三個難題 The Thirteen Problems（神探瑪波系列）
1932 危機四伏 Peril at End House（神探白羅系列）
1933 十三人的晚宴 Lord Edgware Dies（神探白羅系列）
1933 死亡之犬 The Hound of Death
1934 三幕悲劇 Three Act Tragedy（神探白羅系列）
1934 李斯特岱奇案 The Listerdale Mystery
1934 帕克潘調查簿 Parker Pyne Investigates（神探帕克潘系列）
1934 東方快車謀殺案 Murder on the Orient Express（神探白羅系列）
1934 為什麼不找伊文斯？ Why Didn't They Ask Evans?
1935 謀殺在雲端 Death in the Clouds（神探白羅系列）
1936 ABC 謀殺案 The A.B.C. Murders（神探白羅系列）
1936 底牌 Cards on the Table（神探白羅系列）
1936 美索不達米亞驚魂 Murder in Mesopotamia（神探白羅系列）

1937　巴石立花園街謀殺案 Murder in the Mews（神探白羅系列）
1937　尼羅河謀殺案 Death on the Nile（神探白羅系列）
1937　死無對證 Dumb Witness（神探白羅系列）
1938　白羅的聖誕假期 Hercule Poirot's Christmas（神探白羅系列）
1938　死亡約會 Appointment with Death（神探白羅系列）
1939　一個都不留 And Then There Were None
1939　殺人不難 Murder Is Easy/Easy to Kill（神探巴鬥主任系列）
1940　一，二，縫好鞋釦 One, Two, Buckle My Shoe（神探白羅系列）
1940　絲柏的哀歌 Sad Cypress（神探白羅系列）
1941　密碼 N Or M?（神探湯米＆陶品絲系列）
1941　豔陽下的謀殺案 Evil Under the Sun（神探白羅系列）
1942　五隻小豬之歌 Five Little Pigs（神探白羅系列）
1942　藏書室的陌生人 The Body in the Library（神探瑪波系列）
1942　幕後黑手 The Moving Finger（神探瑪波系列）
1944　本末倒置 Towards Zero（神探巴鬥主任系列）
1945　死亡終有時 Death Comes as the End
1945　魂縈舊恨 Remembered Death（神探雷斯上校系列）
1946　池邊的幻影 The Hollow（神探白羅系列）
1947　赫丘勒的十二道任務 The Labours of Hercules（神探白羅系列）
1948　順水推舟 Taken at the Flood（神探白羅系列）
1949　畸屋 Crooked House
1950　謀殺啟事 A Murder Is Announced（神探瑪波系列）
1951　巴格達風雲 They Came to Baghdad
1952　殺手魔術 They Do It with Mirrors（神探瑪波系列）
1952　麥金堤太太之死 Mrs. McGinty's Dead（神探白羅系列）
1953　黑麥滿口袋 A Pocket Full of Rye（神探瑪波系列）
1953　葬禮變奏曲 After the Funeral（神探白羅系列）

1954　未知的旅途 Destination Unknown
1955　國際學舍謀殺案 Hickory, Dickory, Dock（神探白羅系列）
1956　弄假成真 Dead Man's Folly（神探白羅系列）
1957　殺人一瞬間 4:50 from Paddington（神探瑪波系列）
1958　無辜者的試煉 Ordeal by Innocence
1959　鴿群裡的貓 Cat Among the Pigeons（神探白羅系列）
1960　哪個聖誕布丁？ The Adventure of the Christmas Pudding（神探白羅系列）
1961　白馬酒館 The Pale Horse
1962　破鏡謀殺案 The Mirror Crack'd from Side to Side（神探瑪波系列）
1963　怪鐘 The Clocks（神探白羅系列）
1964　加勒比海疑雲 A Caribbean Mystery（神探瑪波系列）
1965　柏翠門旅館 At Bertram's Hotel（神探瑪波系列）
1966　第三個單身女郎 Third Girl（神探白羅系列）
1967　無盡的夜 Endless Night
1968　顫刺的預兆 By the Pricking of My Thumbs（神探湯米＆陶品絲系列）
1969　萬聖節派對 Hallowe'en Party（神探白羅系列）
1970　法蘭克福機場怪客 Passengers to Frankfurt
1971　復仇女神 Nemesis（神探瑪波系列）
1972　問大象去吧 Elephants Can Remember（神探白羅系列）
1973　死亡暗道 Postern of Fate（神探湯米＆陶品絲系列）
1974　白羅的初期探案 Poirot's Early Cases（神探白羅系列）
1975　謝幕 Curtain: Hercule Poirot's Last Case（神探白羅系列）
1976　死亡不長眠 Sleeping Murder（神探瑪波系列）
1979　瑪波小姐的完結篇 Miss Marple's Final Cases（神探瑪波系列）
1991　情牽波倫沙 Problem at Pollensa Bay
1997　殘光夜影 While the Light Lasts

國家圖書館出版品預行編目（CIP）資料

藏書室的陌生人 / 阿嘉莎．克莉絲蒂（Agatha Christie）著；任林靜譯. -- 三版.-- 臺北市：遠流出版事業股份有限公司, 2023.10
面；　公分. -- (克莉絲蒂繁體中文版20週年紀念珍藏；48)
譯自：The Body in the Library
ISBN 978-626-361-258-7(平裝)

873.57　　112014630

克莉絲蒂繁體中文版 20 週年紀念珍藏 48

藏書室的陌生人

作者 / 阿嘉莎．克莉絲蒂
譯者 / 任林靜

主編 / 陳懿文、余式恕
封面、內頁設計 / 謝佳穎　排版 / 連紫吟、曹任華
行銷企劃 / 舒意雯　出版一部總編輯暨總監 / 王明雪

發行人 / 王榮文
出版發行 / 遠流出版事業股份有限公司
地址 / 104005臺北市中山北路一段11號13樓
電話 / (02)2571-0297　傳真 / (02)2571-0197　郵撥 / 0189456-1
著作權顧問 / 蕭雄淋律師

2003年6月1日 初版一刷
2023年10月1日 三版一刷
定價 / 新臺幣380元（缺頁或破損的書，請寄回更換）

ISBN 978-626-361-258-7

遠流博識網 http://www.ylib.com　E-mail: ylib@ylib.com
遠流粉絲團 https://www.facebook.com/ylibfans

www.agathachristie.com